自動車
けた下制限

やちまたの人

編集工房ノア著者追悼記続

涸沢純平

Karasawa Junpei

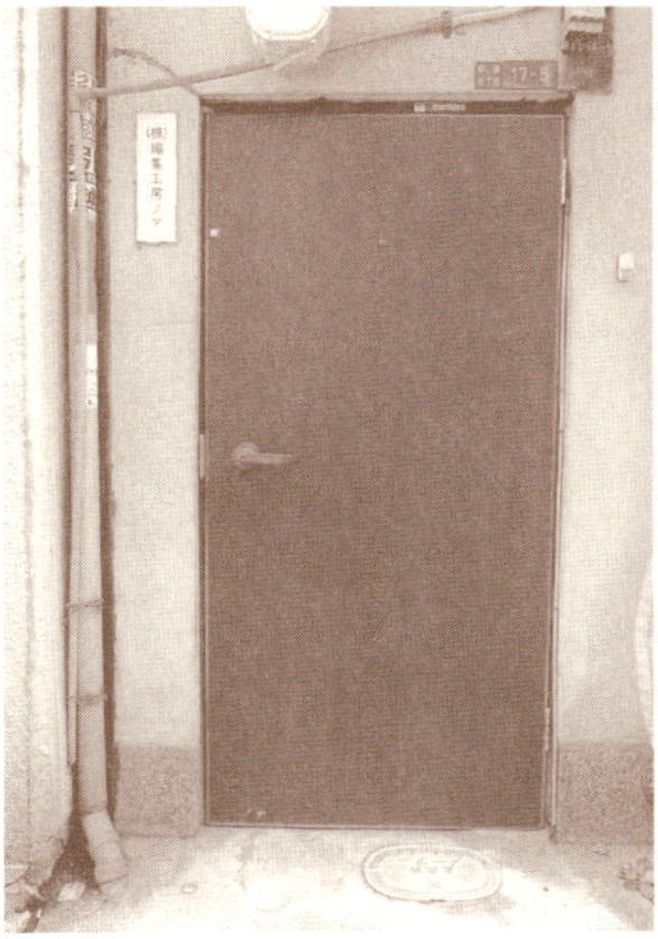

編集工房ノア

好きな言葉「やちまた」

足立巻一

「やちまた」とは、道がいくつにも分かれた所をいう。

『古事記』のニニギノミコトが天上から降臨する条に「天の八衢（やちまた）」と見える。本居宣長は『古事記伝』でこれを注して「ちまた」は道股（チマタ）の意とし、「方々へ分かれ行く岐（チマタ）の、幾つもあるを云ふ」と述べた。……宣長の長子春庭（はるにわ）はその文法の研究書を『詞のやちまた』と題した。……言葉は八方に分かれる道のようなものなので、その使い方をまちがえないようにこの本を書いた、というのである。

しかし、「やちまた」であるのは言葉だけではない。人生そのものが「やちまた」である。生きてゆくことはたえずいくつにも分かれた道の一つを選び、それを進めばまた「やちまた」に立たねばならぬ。「やちまた」の連続だ。人と人のつながりもいくつにも分かれながらつながっている。仏教の言葉の「縁」といってもいい。

そんな感懐を得、わたしは「やちまた」を関防印に刻み、人生観の結語として「人の世やちまた」を自分の墓に彫りつけたのである。

（『人の世やちまた』より抄出）

『やちまたの人――編集工房ノア著者追悼記続』目次

III

IV

V

装幀　森本良成

I

欠損と表彰——第22回梓会出版文化賞特別賞受賞

医者は「欠損」と言う言葉を使った。

その時は、「欠損」がどういうことを言っているのか、何がどう欠損したのか、よくわからなかった。

一瞬の出来事による、思いがけない怪我から約半年経って、今はその「欠損」がわかる。

人は自分の顔を見ることができない。鏡で見るのだが、その顔がはたして本当に自分の顔であろうか。左右の別ではなく。顔というものが意識から離れているところがあると思うのである。

顔面をコンクリートにたたきつけて、顔が血だらけで、ぐちゃぐちゃになっているらしいのに、痛みもさほどなく、私はどこかで他人事のように、ベッドに横たわっていた。

顔の傷口に入っている砂粒や異物を、医者が取り除くのに痛みがないのは、「酔っているからだと思いますね」と妻と娘は、医者に言った。

私にしては酒は適量で、「酔っている」とは少々不本意であったが、飲んでいたことに違いはない。

十月の連休の終わりの祭日に、嫁いでいる娘がきていて、夕食を外ですることになった。家の近所、といってもわが家は、大阪平野の北の端、箕面連山の丘陵地、片田舎の住宅地にある。外周道路のはずれに魚を食べさせる店があって、三人で行った。

住宅地の外側の道路は、造成中の土地で、工事中の丈高い防壁がめぐらされている。片側の住宅からもれる明かりがあるだけで、私は足元が「暗いな」と思った。

それは明かりのせいだけではなかった。私は二週間前に眼科医に行って、十二月に両眼の白内障手術を受けることが決まっていた。眼鏡はかけているが、特に夜、物が見えなくて、ずるずるのばしていたのを「限界か」と、手術専門の眼科医の診察を受けた。私は九月の初め六十歳になった。例からすると六十歳の白内障は早いはずである。医者はすぐに二か月余待ちの手術日を決めた。

足元が暗くて見にくいのは、白内障の進行もあったのである。

店では、ビール中瓶一本。酒二合。を一人で飲んだ。娘は車を運転して帰るので飲まず、酒を飲めない妻がビールをコップ三分の一ほど飲んだ。良心的な店だが、酒二合というのは店の二合徳利一本のことである。まず私の普段の量である。

店の並びは人家もとぼしく、店の前の道路の向かい側は造成地の囲いが立っている。支払いをする妻を後に、私と娘は先に店を出た。来る時は店沿いの新聞配達所や建物の並ぶ側を来たのだが、私は何となく店の向かい側、造成地側へ道路を渡った。

一瞬のことであった。右足が空を踏んだ。道路沿いの溝に足をとられた。私は溝にはまったな、溝ぐらい浅いものだ、溝の底に足をついて、体勢をたてなおすことが出来る、せいぜい膝を打つぐらいだと踏んだ。

だが、私が思うところに溝の底はなかった。さらに空を踏んだ。

妻は「あれは溝じゃないよ」と後で言った。小川だと言うのである。道路の側溝と思えない深さであった。

小野十三郎さんが、年を取ると電信棒のように倒れる、と書いていた記憶がある。手をつかずに棒のように倒れる。

私はバランスを失って、身体が伸びたまま棒のように倒れていくのがわかった。右足をとられたので、身体は少し左に寄っていて、左手をつけばいいのだが、「ああ、私はこのまま倒れるな」と思った。

左手をかばう気持があった。私は五歳の時、石垣の上から下の川に落ちて左腕の怪我をした。その後、高校生の時、柔道で同じところを痛めた。またノアの本を自転車で取次に納品中、交通事故で左ひじを打った。平時でも指先がしびれている。

左手をつかずにそのまま俯せに倒れ、路面に顔を打ちつけた。

店を出た妻が「お父さん」と叫んだ。ふりしぼるような声だった。

妻は一瞬、私が倒れるのを見て、脳卒中か何かで倒れたと思ったと言うのである。

その初めて聞く声を聞いて、私はこの女はいくらか私を愛していたのだと思った。ふだんはぼろくそなのである。

顔は血だらけであるらしい。私は道の端に仰向けに寝たまま、目を閉じていた。娘が家に戻り車をとり、近くの病院に行くことになった。

待っている間、傍を通る女性が二人あり、「大丈夫ですか」「救急車を呼びましょうか」と声をかけてくれた。その若い声から丘の上にある外国語大学の女学生か親切にと思ったが、妻は中年の人だったと後から言った。

病院に運び込まれ、夜間の診療に応じてくれた医者は、「これは、ひどいな」「欠損している」と言った。

傷の中に入っている「異物はすべて取り除きました」と、傷口を消毒し、看護婦に手伝わせ処置をした。

この時、娘が携帯電話で撮った写真がある。傷をしたところに、ガーゼがテープで貼ってある。ガーゼは左側の額に一枚、鼻筋を覆って一枚、左側の鼻の下に一枚の三枚が貼られている。顔全体がはれ上がっている。眼は閉じている。口は半開き放心状態か。

「頭は打っていませんか」と医者が言う。顔は打ったが、頭は打っていないと思うと、私は答えた。頭も顔も同じではないか。

念のために、脳のCT撮影をしておこうということで、病院のレントゲン技師に連絡とるよう看護婦に命じた。一人はつかまらないようで、二人目に通じた。来るのに三十分は、かかるという。

妻は医者と話している。

「傷あとは残るでしょうか。欠けたところは、元通り肉がつくのでしょうか」と聞いている。「欠ける」ことを、子どもの頃田舎では「ほげる」と言ったなあ、と私は心のうちでなぞった。辞書を引くと、「ほげる」とは①くずれる②穴があく、とある。まさにほげたのであって、方言ではなかった。

応急処理のあと、ほげた診療をどうすればいいのか、医者は私にはわからないので、阪大病院の形成外科に明朝行ってくれ、紹介状を書く、と言った。

大阪大学病院は初めてである。紹介状で阪大病院に行くことに特別な資格を与えられたような気になった。

幸い脳内検査には異常は見られなかった。

家に帰り、すぐに床についたが、顔面が熱く、妻の言ったことから顔はどのようになっているのかと想像し、これからどうなるのかあの一瞬がなければと、思いかえした。

翌朝妻の運転する車で阪大病院へ行った。

診察室に入ると、出て来たのは、長身色白の若いイケメン医師であった。者から師へ変えよう。年は三十半ばか。

医師は、指間を開け、もったいぶった手つきで顔のガーゼを一枚一枚ていねいにはがした。

「大丈夫です。縫わなくてもいいでしょう」

医師の言葉は、私をほっと明るくさせた。前日の医者が躊躇したのは、縫合の必要があるかなしか、また、縫合の技術だったのだ。

医師がカメラで私の顔を撮影した。立派な一眼レフのデジタルカメラである。

私は医師に言って、この写真をもらった。

写真はガーゼをはがした顔が映っている。撮られた時、ただちにプリントされた写真で、初めて私は自分の顔の、ことの全貌を知った。それまではどうなっているのかわからなかった。鏡も見ていなかった。

顔は卵形に長細く写っていて、鼻が中央にクローズアップされ盛り上がっている。広角レンズのためか。どこを地面に打ちつけたかがあきらかに映し出されている。

前日の医者が処置したところ、左まゆ毛の上のガーゼをはがしたところは、ちょっとしたすり傷程度でたいしたことはない。まつ毛の下まぶたにもすり傷がある。

問題は鼻である。目と目の間の鼻梁の低いところがすりむけて肉が赤く出ている。その右下（写真を見ているので顔の左側の鼻の側面）が二筋切れている。上のものが傷が深い。鼻の中央部は全体に赤く腫れているが傷はない。鼻先に傾めに刃物で切ったような傷がある。写真右側の小鼻が粘土をへらで欠いたようにけずれている。これが医者が言った「欠損」部分であろう。その鼻の下、上くちびるの上に、血の黒いかさぶたと、肉がむき出したところがある。

つまり、ほとんど真正面から地面に顔をうちつけたのだが、打っていたのは鼻の中央から左側の顔面であり、柔らかい部分の小鼻とその下のあたりが欠損し亀裂したのだ。

この状態であれば医師が言ったように縫合はしようがない。小鼻の欠損も、粘土のようにつけるわけにもいくまい。

医師はガーゼ付き絆創膏を鼻のかたちに添うようにはさみで切り、「オリジナル」だと言って、イケメンの手つきで（？）、二か所に貼った。

外で待っていた女房に医師のイケメン度を話すと、次の時は診察室に付いて来た。私が言ったイケメン医師より助手の医師の方が好みだと言う。この男も若く長身であった。さすがに大学病院である。

還暦は厄年でもあるという。もう一つこの時に重なった思い出したくないこともあった。

しかしながら、悪いことばかりではなかった。

十一月二十一日の夕方、東京の書評専門誌「読書人」の編集部から、出版梓会が主催する出版社を対象とした「梓会出版文化賞」の「特別賞」に編集工房ノアが入っている、との連絡が入った。直接、梓会の事務局からの電話ではなかったので、半信半疑であったが、三、四日後、事務局からの知らせもあり、十二月三日（日）には、朝日新聞読書欄の短信欄に発表が載った。

「梓会出版文化賞」は、本賞一社と特別賞二社、「新聞社学芸文化賞」一社がある。本年度第二十二回は、本賞を北海道出版企画センターが受賞。特別賞は、医学書院と編集工房ノア、「新聞社学芸文化賞」は八木書店が受賞した。

過去の業績とその年の年間五点の出版物が審査される。選考委員は、植田康夫（「読書人」代表）、斎藤美奈子、上野千鶴子、木田元、小原秀雄の各氏である。

ノアの該当年五点は、『塔和子全詩集』全三巻の完結。富士正晴詩集『風の童子の歌』。安水稔和、震災を記録記憶する四冊目『十年歌』。太宰治「パンドラの匣」の底本となった『木村庄助日誌』。木村庄助は美術評論家・木村重信氏の兄である。敗戦で38度線を母子で越えた、中川芳子『故地思う心涯なし』であった。

受賞式（贈呈式）は、今年（二〇〇七）一月十九日、神楽坂通りを上がり、毘沙門天の赤い門の前を過ぎ左に折れ、牛込城跡がお寺になっている、向かい側にある日本出版クラブ会館で行われた。

控室で、梓会大坪嘉春理事長、阿久澤貞夫事務局長と顔を合わせ、受賞出版社メンバーと交歓し、次々現れる選考委員の方々に紹介された。

斎藤美奈子さんは「もうひとつ賞をとられたね」と言ってくれた。

昨年の朗報は、もうひとつあった。庄野至さんの『足立さんの古い革鞄』が第二十三回織田作之助賞を受けたのである。

受賞式は、梓会会員者（社）、業界関係者、二百余名が会場にあふれる盛大な、はなやかなものであった。

受賞出版社の挨拶は、北海道出版企画センター・野澤緯三男さんから、医学書院・金原優さんの後、私、八木書店・八木壯一さんと続いた。

上がり性の私は充分上がり切って、次のように、らちのないことを言った。


大阪から来ました編集工房ノアといいます。北海道出版企画センターの野澤さんのところは、今四人でおやりだと聞きましたが、うちは二人で、それも夫婦であります。それで今日、二人で出席させていただいたわけですが、二人で一緒に東京に来ますのは、三十六年ぶりです。今日、二人で来ることができましたのはこの賞のおかげで、大変ありがたく喜んでおります。

わが社がありますのは、大阪市北区中津三丁目で、中津と言いますのは、大阪北のターミナル梅田の北側の町なのですが、繁華な梅田とは大違いで、淀川の土手に突き当たる吹き溜まりといった裏町です。わが社はさらにさびれた路地裏にあり、ささやかに仕事をさせてもらっています。

そんな中津ですが、佐伯祐三の生家であるお寺が障害者の福祉施設をして今もあります。「女の一生」の森本薫も中津で生まれ文学碑が建っています。作家の井上友一郎も町内の生まれで、今は甥が喫茶店をしています。

今日、特別賞をいただいたわけですが、特別のおなさけといいますか、おまけがだいぶんあると思っています。

北海道出版企画センターさんの松浦武四郎日誌の一五一巻は、私は花崎皋平(はなざきこうへい)さんの『静かな大地』を読んでおり、その業績のほどがわかります。立派な受賞出版社にぶらさがってすくい上げていただいた思いがしています。

夫婦二人だけの小舟ですが、櫓と櫂でやっていきたいと思います。この賞を支えにしてそして受賞できたことを目標にもしていきたいと思います。

最後に、飛行機で来たので、雲の上を歩くような天にも登る気持だと喜びを表現した。

梓会出版賞は、私にとって念願の賞であった。出版の賞は、ほとんどが出版物の著者に与えられるもので、出版社がその業績で表彰されるのはこの賞だけである。それも出版社の集まりである梓会が設けた、出版社が出版社に与える賞なのだ。

式に続く懇親会では、たくさんの方々から声をかけてもらった。受けた名刺によると、安部英行氏（学事出版）、荒金峰子氏（潮出版社）、家井雪子氏（偕成社）、大矢栄一郎氏（白桃書房）、菊池明郎氏（筑摩書房）、清田義昭氏（出版ニュース社）、小山英俊氏（白水社）、佐藤英明氏（白水社）、重政ゆかり氏（あかね書房）、宍戸哲郎氏（八重洲ブックセンター）、下中直人氏（平凡社）、菅原教夫氏（読売新聞東京本社）、高須次郎氏（緑風出版）、高橋茂氏（大阪屋）、髙林睦宏氏（時事通信社）、田﨑洋幸氏（みすず書房）、土井二郎氏（築地書館）、横山泰子氏（暮しの手帖社）、和田佐知子氏（春陽堂書店）、和田肇氏（作品社）の方々で、皆さん初対面である。

影書房の松本昌次さんは「会えると思って来た」と言ってくれた。同じ富士正晴の本を出し電話では話している。

記念会の後、近くの中華料理店で二次会となった。地方・小出版流通センターの川上賢一さんが声をかけ、地方出版として共に取引のある北海道出版企画センターの野澤夫妻とわが社をねぎらってくれるかたちとなった。

メンバーは川上さんの友人でもあり、私も大阪で会っている偕成社の今村正樹さん、創元社・矢部敬一さん、ジュンク堂書店・岡充孝さんとなじみの顔がテーブルを囲んだ。

宴果て、新宿のワシントンホテルに泊まった。新宿副都心。初めてみる都庁、高層ビル群に驚いた。これまで東京見物をする気にもなれず、いつも用事だけをすませて帰っている。

今度二人で来て、「生き馬の目を抜く東京も、こわくないな」と、妻と言いながら夜景をバックに写真をとりあった。

翌日は、新国立劇場で土井陽子作・演出の『大原御幸異聞』を観た。土井さんはノア発行『舞い舞い虫独り奇術』の著者である。

楽屋に土井さんを訪ねると、樵（きこり）役の山口馬木也さんに会わせてくれた。私は樵役に山口馬木也がなると聞いた時、この劇は出来上がったな、と思った。

独特の個性が光る俳優である。テレビ時代劇「剣客商売」の藤田まこと老剣士の息子役、その個性が、するどい剣士の奥深い世界を抱えた風貌となっている。

さらに余分。

妻は時に、「〇〇へ行きたくない?」、と「欠損」の事故に至った店のことを言ったが、「鬼門や」と私は遠ざけていた。この店の魚料理には魅力があった。が近付きたくなかった。またあの溝にさそいこまれるのではないか。

しかし、私が空を踏んだ溝、女房の言う溝より深い小川など、どこにもなかったのである。

三月に入って独りで家にいた休日、近くに出来たニュータウンにモノレール延長駅が開通するというので散歩がてら行ってみる気になった。

そのためには、どうしても店の前の道を通らなければならない。片側の造成地にはやはり丈高いかこいが続いている。あの日と同じ道を歩いている。住宅地をはずれると外周道路沿いに魚の店がある。昼間であり十二月に白内障の手術も済ませているので風景は明るい。右手に店が見えてきた。

はて、店の向かい側の道路の端に溝がない。

それに、段差はないものの、道路と歩道を分ける、腰の高さぐらいの柵があるのだ。柵の外、歩道の脇には、側溝が通っている。普通の道路の側溝。溝の深さは、空を踏むこともない、たとえはまっても底に足がつけるだろうと思えるほどの浅いものだ。

その側溝に足をとられたとしたら、道路と歩道を仕切る柵をまたいで越えて行かなくてはならない。私は柵をまたいではいない。確かである。柵は昨秋私の事故以後新しくつけられたとは思えないものである。

するとどうしても柵の内側、つまり道路の内で、溝に足をとられたはずである。すると溝などどこにもないのである。平面の道路である。

私はどこの溝にはまったのか。

何にもない道路の平面で幻の溝、幻の割れ目に足をとられたのか。老人（私も還暦の老人だが）が平面でつまずくようなことだったのか。

可能性、あるいはありうることは……。

道路の隅が柵にそって、いくらかの幅で黒い帯状となっている。白っぽいコンクリートの脇にあきらかに色の違う部分がある。後からアスファルトを塗り込んだようだ。道路の補修のためであろうか。

私は、後から塗り込められたと思われる黒いアスファルトの上に、消えかかっている文字があるのを見た。

「ガス」と書かれている。

帰ってそのことを言うと、妻はなおも小川があった、と言うのである。


（「海鳴り」19号・二〇〇七年六月）

＊（第二十二回梓会出版文化賞・特別賞（選考のことば））編集工房ノアは一九七五年に大阪で創業し、ずっと関西で出版を行っていますが、天野忠、庄野英二、足立巻一、大谷晃一、杉山平一、東秀三、山田稔、富士正晴、安水稔和、島京子氏などをはじめ、関西在住の詩人・作家たちの著書を刊行してきました。特に詩集の刊行に力を注いでいますが、最近も『塔和子全詩集』全三巻を刊行しています。これはハンセン病という重たい甲羅を背負いながら、詩作を行ってきた塔和子の未刊詩編、随筆を加えたもので、病の悲しみや絶望を見つめつくした詩の原初が表現されています。また富士正晴氏の『風の童子の歌』は、独特な文人として知られる著者の文学的出発点であった詩作品の集成で、同人誌「三人」時代の未発表詩も多数収録しています。さらに安水稔和著『十年歌』は神戸長田区に住む詩人が阪神・淡路大震災を記録し記憶する本の四冊目で、こ

の巻には二〇〇〇年から二〇〇五年までを収録し、太宰治『パンドラの匣』の底本となった日誌を納めた『木村庄助日誌』なども刊行しており、関西を拠点とするこれらのユニークな出版物により特別賞に推薦しました。

植田康夫

＊植田康夫氏、二〇一八年四月八日死去、七十八歳。

知床旅情——足立巻一追慕

昨年（二〇〇七）の秋の終わり、妻と二人、二泊三日の北海道旅行をした。格安のパック旅行の名称は「知床旅情おもてなしの旅三日間」。今、旅行会社の北海道旅行は、旭川の旭山動物園が人気で、大方のツアーに組み込まれている。旭山動物園なしの「知床」と私が言ったのは、足立巻一さんの「知床」があったからである。足立さんが行った知床へ、行きたいと思っていた。

編集工房ノアで、自伝的エッセイ集として、巻末に著者自筆年譜を付けて出しているノア叢書の「8」が、足立さんの『人の世やちまた』*で、この書が足立さん生前最後のものとなった。いや、生前には少し間に合わなかった。

校正刷は病院に届けたが、枕元でインクに汚れていた。心臓発作で、薬（ニトロ？）に手を伸ばした時、インクボトルがたおれたものと思われた。

自筆年譜は、原稿用紙四百字詰にして、五、六十枚に及ぶ詳細なものであったが、残りの半分は病室で書かれた（実際は半ペラの二百字詰原稿用紙を、はかどる気がすると好んで使った）。

病室は風呂付の個室で快適で、電話もかかってこない、講演もことわれる、仕事がよく出来ると、足立さんは新聞、雑誌の連載もそのまま続けた。校正も見るという。私が校正刷を届けた二日後、亡くなった。

一九八五（昭和六十）年八月十四日の朝。二日前に日航ジャンボ機が長野・群馬県境山中に墜落する事故があった。

『人の世やちまた』は、神戸・生田神社会館で行われた四十九日の追悼会に間に合わせた。

この中に「スパイ旅行」という文章が入っている。これが足立さんの知床紀行である。だがそこに書かれているのは、楽しい観光旅行でも目的を定めた取材旅行でもなかった。いわば傷心の旅とでも言おうか。

「わたしが北海道をまわったのは昭和三十一年夏であった」ではじまる。「それまで、戦後ずっとつとめた小さな新聞社をやめ、二十万円たらずの退職金をもらうと、…十万円で電話をつけ、残りのありったけをつかんで北海道へ飛び出したのだ」。この時、足立さん四十三歳。「その新聞に情熱と理想とを傾けたつもりであったが、それはこなごなに砕かれ」「ヤケクソのように旅に出た」、さいわいまだ切れていない国鉄の全線パスを持っていた、と続く。

その新聞とは毎日新聞傍系夕刊紙として出発した「新大阪新聞」のことで、その紆余曲折を足立さんが書いた『夕刊流星号』(新潮社)がある。

旭川の友達の家にたどりついたのは八日目。それまでは列車の中、駅のベンチで寝た。一日の予算は千円と決めていた。友達から奥さんにまつわるたのみごとをされる、がはぶく。旧知の辻久子が演奏旅行で旭川に来ていることを知り、旅館にたずねた。地元新聞社の記者から「ぜひ知床へおいでなさい。武田泰淳の『ひかりごけ』の世界ですよ」と強くすすめられる。友達の奥さんに話すと「知床なんてだれもわざわざゆきませんよ」とニベもない。まだ知床は一般的ではなかったのだ。

足立さんは「旭川から層雲峡を見、サロマ湖、網走から美幌峠、阿寒湖と…観光コースをたどって釧路にぬけ、根室に出た。ノサップ岬をたずねて、知床半島へはいるつもりだった」。

根室で千葉大学の学生と知り合う。学生は一日の予算が三百円だと言う。「わたしの貧乏旅行などは贅沢なほうだ」。学生が港で買ったというカニを飯盒でゆでたが、身は入っていなかった。「月夜のカニじゃがな」、と物珍しがって取り囲んだ地の人たちが笑った。

「学生と、根室から乗った根室標津(しべつ)ゆきの列車はその日の最終発であった」。学生は標津の農場で働き農法を学ぶ、飛び込みで農園をさがすと言う。「学生の顔は自信に満ちて美しかった」。足立さんは学生の「青春の輝き」に励まされたのだ。

標津駅に着くと夜。降りたのは足立さんと学生だけ。学生は寝袋を出す。駅長があらわれ、駅を閉めるので、学生は自宅に泊め、足立さんには町営の宿を紹介するという。「学生は何度もわたしを振り返った。さわやかな気分が残った」。

翌朝バスで羅臼に向かう。「バスは海に沿って走り、小さな川をいくつか越え、さびしい集落を過ぎる。カラスが多い。『ひかりごけ』に書いてあるように、浜に立ちならんだ棒杭の一つ一つに全部カラスがとまっていたりした」。

羅臼の宿で、「知床岬の突端までゆきたい」とたのむ。陸路はない。漁業組合の連絡船が出るのでたのんでくれるという。「ここまで来れば岬の突端を見ずに帰るわけにはいかない」。二日間待たされる。「おかみが勢いこんで『船が出ます』と告げたのは三日めの朝」。

「海はおだやかで…知床の濃緑の稜線が左手につづく。山頂は急傾斜で海へなだれ落ちている。…浜辺に番屋と呼ぶ小屋が点々とならび、人が動き、小舟がいっぱい浮いている。昆布を採っているのだという」。季節は七月。「秋が深まると、番屋はいっせいに閉され、人びとは引き揚げ、半島はやがて氷雪にとざされるのだ」。

連絡船は番屋のかたまりのところどころで荷物をおろし、仕事を終える。特別に岬まで案内してくれる。

「垂直に海へ落ちている滝が見える。人跡はまったく絶えている。海中に立った岩の柱がいくつも見えた。そこが突端だという。天狗岩といい、ローソク岩と呼ぶそうだ」

船は帰途、番屋から急用の合図を送ってきた男を乗せる。先ほど届けた手紙で秋田に住んでいる母親の病気を知った。わけを聞くと、知床へは戦後来た。復員すると本人の墓があり、妻は弟と結婚して子供をもうけていた。郷里(くに)からできるだけ遠く離れたここへ来たが、今度ばかりは帰らなければならないと話した。男とは羅臼の港で別れた。人はそれぞれのわけを抱えている。

「知床の突端を見、何人かの人生の断面に触れて北海道に思い残すことはなかった」旅は終わる。だがこの旅にはおまけが付いた。足立さんはその風態と挙動から、ソ連のスパイとうたがわれ、途中尾行が付いていたことを知るのである。「スパイ旅行」と題されたゆえんである。

さて、私たちの旅はどうであったか。

新千歳着、十二時二十分。待ちうけていた観光バスに乗る。満席の客がこのツアーの定員であった。きまぐれな私のメモによると。

バスは高速道路を江別、岩見沢、三笠と走る。次第に車窓は雪景色となる。砂川ハイウェイオアシスで休憩。滝川、深川、と道が登りになるにつれて雪が深くなる。大雪山を西側からまわり込み旭川をかすめて道中央を横断するコースである。まっすぐ伸びた白樺の裸木、常緑の木々にかかる雪の白が厚くなる。山間いが横なぐりの雪で煙っている。里に下りると一面の雪原で、家々が黒く点在する。山々と雪原も、黒と白を分けている。時に雪原に陽が射し込み、やわらかい光の陰影を広げる。蛇行する川が二つに分かれて、青黒い流れをたたえているところもあった。

私は窓側の席で、ゆきすぎる風景を写真に撮り続けた。旭川北、比布北で高速道路を下りる。上川で二度目の休憩。敬子（妻）の写真を撮る。背景の裸木の立ち並ぶ山の端の空が赤く染まっている。北への道と分かれて、石狩川沿いに大雪国道を層雲峡へ向けて走る。四時十五分。すでに黄昏。層雲峡を過ぎるあたりでは、渓谷も何も見えない。黒岳の道標あり、石北峠、北見国道を、今日の宿、温根湯温泉着。五時四十五分。ホテルの前に川あり、満月（か、丸い月）。

とここまでは、メモ書きしているが後は二日目の宿、ウトロ（宇登呂）温泉まで何も書いていない。


旅の行程表と記憶をたどる。翌日七時三十分ホテル発。野生王国へ。餌付けされているキタキツネを見た。足もとまで寄ってくる。野生とも王国とも思えなかった。道東に向かうにつれて雪がなくなる。美幌峠では高地にもかかわらず、雪は熊笹の間に残っているだけで、山々は木々の緑と茂りのままつらなり、眼下に屈斜路湖を抱く見はるかす晴れた空の風景である。

実はこの日の朝、美幌峠の後、昼食を川湯温泉ですることを知った。川湯温泉に寄ることを知らなかった。旅行前にもらった行程表では、「温泉浪漫の宿湯の閣（ご昼食）」となっている。この「湯の閣」が川湯温泉にあるのだ。

私は旅行の前、たとえパック旅行であれ北海道に行くのに何も言わないのもおかしいのではないかと思い、釧路の青地久恵さんに手紙を書いた。北海道へ行くが、団体旅行でもあるし、コースも釧路からはずれているのでと。川湯に行くことは知らなかったので、もちろん書かなかった。川湯に行くことがわかっていたら、もう少し別の展開があったかもしれない。

青地さんは今は釧路に住んでいるが、子供のころは川湯温泉で育った。正月には聖徳太子像の掛け軸と、鏡餅といっしょに墨壺が飾られた。

父は大工で川湯の旅館を建てていた。青地さんは今は亡い父のことを書きたいと思った。幸い父が弟子入りした釧路の名工といわれる師匠の克明な日記が残されているのを知る。遺族から借りて、師匠の仕事と、日記のところどころに出てくる父を拾う。釧路大工のルーツが越後にあることを知り、旅し関係者から話を聞く。さらに最終章では大工の神様である聖徳太子の法隆寺へ足を運ぶ。

青地さんは、大阪文学学校通信教育講座を受けていて、書き上がった『大工の神様』は編集工房ノアから出版した。通教のスクーリングに合わせて、打ち合わせにわが社に来られもした。

川湯温泉は、小さな川原に、湯気が薄く上がっていた。昼食のホテルは、町のはずれにあって、私は急いで食事を済ませると、集合までの時間の半分で行けるところまでと思い、急ぎ足で温泉町に向かった。

青地さんの文章にもあったように、町はさびれた印象である。川が曲がりふくらんで湯気が上がるあたりは公園になっていて、観光案内所のロッジ風の建物があった。内には女性がひとり。古い旅館の建物が載ったパンフレットはないか、と聞いたが、無いという。青地さんのお父さんが建てた日本建築も今は残っていないと書かれていた。

道から少し入ったところに足湯の四阿があった。左手にホテルの建物。その信号の手前に小さな郵便局があった。前方に町並みが見えている。青地さんへの手紙には、郵便局のところまで行ったことを書こう。たとえ川湯温泉で青地さんと会うことが出来たとしても、時間はなかった。

バスの窓から川湯の町並みを見た。道沿いの相撲記念館をガイドさんが説明した。大鵬はここで生まれた。

摩周湖へ向かう道すがら、牧舎が続いた。牛が群れて草を食んでいた。林の中に、鉄路がまっすぐ伸びていた。

冠雪した秀麗な稜線とすそ野の斜里岳を右手に見ながらバスは走り続け、左手の窓、乗客の頭の上に夕陽が沈んだ。

平原の畑の中に、防風林が立ち並んで続いている。

バスは知床半島に入り、左側に海を見ながら海岸線を走り、ウトロ温泉に、四時十五分に着いた。

日は暮れ切っている。食事までには時間があるので、ウトロ港の高台にあるホテルから、一人港へ下りた。坂を下りたところに交番があり、建物の上の時計台が四時四十五分を指している。その下の温度表示は五度C。私たちの旅は、出て来た大阪よりも暖かいのではないかと思えるほど温暖な日に当たった。

海岸には大型漁船が引き上げられ、船底、船腹を闇の中に見せていた。間を抜けて浜辺に出た。切り立った岩の鼻影と突堤の間に、守られるようにわずかな砂浜があった。海はないでいて、打ち寄せるさざ波が、突堤の灯りに白く浮かびあがる。鷗。鷗が飛んでいる。数は多くはない、六、七羽か、もっとか。飛び交って、渚にとまったりする。
突堤の側は、防波堤に囲まれた船溜まりになっていた。幾艘もの船が岸壁につながれている。何の声、音か。奇妙な音が聞こえる。鷗の声ではない。もっと太い声。私は闇の中で、小判のノートに、聞こえるままを書き写した。
キィー　ギィ
キャアーン
グウー、クワァー　キュ　クルウー
と尾を引く。私は船と船がつながれているのを見て音の正体を知った。
海岸には、漁協のものかガソリンスタンドがあり、そこだけ煌々と明かりがついていて、ストーブの前には体格の良い男が座っていた。その後ろに星野仙一の大型のポスターがあって、笑っていた。港には港の関係の建物とホテルしかなく、町の民家はどこにあるのかわからなかった。
ホテルに帰り、温泉に入った。露天風呂から月が見えた。知床の月。ここまで来たが、足立さんの羅臼は半島の反対側で、知床旅情といっても明日は引き返す。早い冬期に入り羅臼への山越えの道も行くわけではないが閉鎖され、岬の突端をめぐる観光船も営業を終えている。格安のゆえんか。なにかはぐらかされているような気持である。月を詠んで一句。

さえざえとウトロの海に月一つ

このホテルは、宿泊客の投句をつのり、入選作を張り出していた。

この句の入選の知らせは、当然ない。

（「海鳴り」20号・二〇〇八年六月）

＊『人の世やちまた』書名のこと＝足立さんは最初『破れかぶれ』、次には『縁は異なもの』をあげた。「破れかぶれ」の思いがあったのか。「破れかぶれ」では切ない。「縁は異なもの」では普通と思い、それぞれに副題として「人の世やちまた」が付いていたので、この方を書名にした。本書「あとがき」に関連。

佐谷和彦氏と三好達治と舞鶴

佐谷和彦氏の死を、私が知ったのは、昨年（二〇〇八）五月二十七日の「京都新聞」だった。

佐谷和彦＝佐谷画廊代表。23日午後2時33分、食道がんのため東京都杉並区の病院で死去、80歳。舞鶴市出身。

東京・銀座などで現代美術の画廊を経営。優れた企画展で知られた。

十一行の死亡記事。写真は無い。舞鶴市出身と京都府を入れていないのは地元新聞だからだろう。

佐谷さんにはいつかは会えるものと思っていた。その時は、「私も舞鶴の出身です。佐谷家具店のことは良く知っています」と勢い込んで話しかける。同郷のよしみをねだる口吻。さらに三好達治のことを持ち出す。佐谷さんはパーティー会場の中、片手にビール姿で、どのように対されたであろうか。「ああ、そうですか」「そうですね」と、私の興奮を鎮めるように、静かに微笑まれたかもしれない。

十一行の死亡記事は、画廊主であった人生のほどの行数であったかと、余分な感慨まで持った。

だが物知らずの解釈は間違っていた。「朝日新聞」に、「惜別」という亡くなった著名人の事歴を改めて詳しく紹介する特別の追悼欄がある。この八月二十二日の欄に、佐谷和彦氏が大きく掲載された。

一面に三人がとり上げられる中の、右上の目立つところで、写真入りである。

写真は、梱包の美術家クリストと二人で写っている。佐谷氏はクリストの背に手を回し、笑っている。丸顔で、小太り、上着にネクタイは結んでいるが、全体に温和な無造作な印象を受ける。一九八四（昭和五十九）年撮影とあるから、五十六歳か。もっとも仕事の充実する年齢である。

見出しは「「現代美術」定着へ尽力」。記事は。

「現代美術」を広め、根づかせようと土壌を耕した。だが、画廊界に転身したのは45歳。ドラマを秘めた一生だった。

で始まる。ドラマを秘めた一生とは。

京都府舞鶴市生まれ。旧制第四高等学校（現金沢大）から京都大経済学部に進み、農林中央金庫へ。

この経歴は知っている。

勤めながら画廊巡りをし、評論を書いた。当時の、現代美術系画廊の雄の一つ南画廊の画廊主・志水楠男氏に「経済にも強いはず」と請われて73年に同画廊へ。

実家の佐谷家具店は継がなかった。

5年後に独立。画廊は当初、東京・京橋に構え、後に銀座へ、やがては東京・荻窪の自宅事務所に拠点を移したが、計１９７の企画展を開く。

農林中央金庫勤務から「経済に強い」とはいえ、現代美術画廊が順風ばかりではなかったのだろう。企画展とはどんなものだったのか。

尊敬していた詩人・美術評論家の業績を顕彰する「オマージュ瀧口修造展」28回を核とし、梱包（こんぽう）作品で知られた米国のクリストから、日本の若手までを扱い、育てた。その大半のカタログのあとがきを執筆しただけでなく、「私の画廊―現代美術とともに」「画廊のしごと」など7冊も出版。大学で「アート・マネージメント」の講義もした。

単なる画廊主ではなく、美術評論家であり、現代美術の創造者であり、文筆の人でもあったのだ。さらに。

旧制高校では理系に属したが、同級生らは「文学少年で、下宿には文学書や美術書ばかり」と振り返る。祖父母の代に、わけあって、後に著名な詩人になった三好達治を養子に迎えたことがあるという。そんな環境で育った。

と、三好達治が出て来た。三好達治を養子に、とはどんないきさつであったか。

「三好達治年譜」には、

明治三十九年(一九〇六)六歳　京都府舞鶴町の佐谷家に養子として貰われていったが、長男であったため籍を移すことができず、結局兵庫県有馬郡三田町の祖父母のもとにひきとられる。

とある。

舞鶴は、東舞鶴、中舞鶴、西舞鶴の三地区から成っている。西舞鶴は、「舞鶴風流まず第一は、古今伝授の幽斎さまよ」と音頭にも唄われる細川幽斎もいた旧田辺藩の城下町。中舞鶴は、旧財閥飯野造船・飯野海運の町。東舞鶴は、新舞鶴とも呼ばれ、海軍鎮守府がおかれ発展した。商店街、町の通りの名も、「敷島」「三笠」「八島」「朝日」「初瀬」通り、と言った軍艦の名前が付けられている。

佐谷家は、その東舞鶴の海岸沿いに町を貫く大門通り（国道27号線）にある、間口の広い、大きな家具店であった。

明治三十九年と言えば、日露戦争日本海海戦に勝利した翌年である。

「惜別」に戻ると、以下は、晩年に、税制の不備を指摘したこと、がんの発見、逝去後開かれた、8月1日のお別れの会には、400人が集まり、美術評論家・針生一郎さんが「佐谷さんは作家の別の側面を引き出す仕事をした」と評価、したことを記す、記は（田中三蔵）氏となっている。

年譜にあるように、結局、達治は佐谷家具店の子供にはならずに、三田市の祖父母にひきとられた。六歳の時、舞鶴にどれほどいたのか、半年ほどか、正確なところは知らないが、わずかな間の舞鶴の養子体験が、その後三好達治となった詩や文章に強く印象的に書かれている。

お前が行くと云つたから、——と、これはずつと後になつて、父がある時、私に云つたことがある、——行くといふのなら、何かの縁といふものだらう、たとへさうして行つたところで、縁がなければ、戻つてくるに違ひない、……ともあれ一度、伴れて帰つてごらんなさい。さうSさんにも云つたのだ、…帰りたいとでも云ひだしたら、その時は、どうかつれてきて下さい。そんなこともないやうなら、そのままお宅へ差上げませう……

三好「暮春記」の中、父から聞いた話として、書いている。六歳の子供にどれほどの記憶があったろう。三好は自分の人生の始まりにあった親を替えることになったかもしれない衝撃と不思議を、幾度も追想したに違いない。

「『測量船』拾遺」「太郎」にも、はっきりと「舞鶴」が出てくる。

「太郎さん舞鶴へは帰りたくないの？」
「帰りたいんだよ姉さん。病気が癒つたら迎ひにきて貰ふんだ。……」
「…太郎さんはここよりも舞鶴の方が好きなんでせう。あちらではみんなしてあなたを可愛がるんだから――」
「…舞鶴のおうちはこんな村には一軒もないほどのお金持だつて、お祖母さんも云つてゐらつしやつたが…」

弟・太郎と姉の会話として書かれている。設定は、三田時代、十一歳で大阪の実家（西区靫（うつぼ）中通一丁目）へ帰るまで、親元を離れた。

三田は、兵庫県の山間の盆地の中の小都市、ひろびろと広がる海はなかった。軍港の活気もなかった。祖父母の家は小さなお寺で庭も狭く暗かった。達治は親から離れ養子に本心なりたかったわけでもなかったかもしれないが、舞鶴の佐谷家の人々を甘くせつなく思い出すのだ。

年譜の八歳のところ。「神経衰弱となり、死の恐怖に苦しめられ、永らく休学した」とある。

太郎を眠らせ、太郎の屋根に雪ふりつむ。

次郎を眠らせ、次郎の屋根に雪ふりつむ。


第一詩集『測量船』（一九三〇年、三十歳）の中の「雪」の詩。

石原八束氏は、「この詩の宇宙は日本の何処であってもいい普遍性をもっている。それを承知で、更に云わでものことを云えば、この情景はまず何処よりも三好詩人が幼年時代に「死の恐怖に耐えて」暮した三田の町が下敷になっている」（『駱駝の瘤にまたがって』）と書いている。

三田は山間の町だから、雪も降り積もる。山にも町の家々、太郎の寺の屋根にも雪ふりつむ。

のだが更に、云わでもの私の思いを付け加えれば、舞鶴の海に降る雪を重ねたい。

詩人三好達治の日本人を哀傷に包み込む抒情は、舞鶴の海から生まれた、と思いたい。

「海よ、僕らの使ふ文字では、お前の中に母がゐる。」

この詩の題は「郷愁」である。「母」でも「海」でも「海と母」でもない。なぜ「郷愁」なのか。

時はたそがれ
母よ　私の乳母車を押せ
泣きぬれる夕陽にむかつて
轔々と私の乳母車を押せ
（「乳母車」）

この詩に乳母車を押す母はいない。実際の母とともに普遍の母なるものを求める呼びかけでもあろう。佐谷家の前から少し行くと海岸に出る。時はたそがれ、海が赤く染まってゆらめいている。六歳の達治の乳母車を押す母、かつて本当の乳母車を押した母はいない。「郷愁」の母。すべてが舞鶴に始まる。舞鶴に「郷愁」する。

佐谷和彦氏に戻る。

三好達治が佐谷家の養子にならなかったため、佐谷家は宮津の久保家から十一歳の恒夫少年を養子に迎えた。恒夫の子が和彦氏である。

このことを、私は佐谷和彦氏の著書『画廊のしごと』（美術出版社）の中の文章、「三好達治」で知った。佐谷家、佐谷和彦氏と三好達治のその後、死までのおつきあいが詳しく書かれている。

養子縁組が成立しなくて「達治さんと佐谷家とのつながりは、ここで中断したかにみえたが、その後も続くのである」とある。

以下、思うままに記述を拾い出すと。

達治さんは、第三高等学校時代「学校の休みを利用してしばしば舞鶴の佐谷家に遊びに行き、三、四晩とまっていった」。

父の想い出話として「達治さんは泣き上戸やった。お酒を飲むと便所に入って、よう泣いとっちゃった」。

ちゃったというのは舞鶴方言で、東京のちゃった、とはアクセントが違う。今は「ちゃった祭」というのがあるらしい。

三高三年生の頃、達治さんが祖母ハツに就職のあっせんを頼んだ。祖母は、西舞鶴に新設される府立中学の教師の口を、親しい坂根栄正堂書店を通じて働きかけたが、実現しなかった。

坂根栄正堂は、西舞鶴の竹屋町にあった。私は同じ竹屋町の下（しも）の祖母の家から、府立中学の後身の高等学校に通い、上（かみ）の栄正堂にはよく行った。教科書販売をする書店だったから、学校とのつながりがあったのだ。

私の高校の頃はさびれかけていて、平台には隙き間が目立った。

文庫本の棚、目を本の背に付けんばかりになぞっている暗い表情の男と、よくいっしょになった。

和彦氏は、金沢の第四高等学校二年生の時。昭和二十二年八月三十日、午前十時、福井県三国町の達治寓居先森田別荘を訪ねた。

達治は昭和十九年三月から昭和二十四年二月まで三国に暮らした。

丁度この時期、杉山平一さん親子が経営する尼崎精工の疎開工場が三国にあって、杉山さんはしばしば三好さんを訪ねたことを書いている。

和彦氏の前に現れた達治は、和彦氏が名のると。

「君は恒夫さんの息子さんか？」ときかれる。それが達治さんの最初の言葉であった。…「君のお祖父さん、お祖母さんは元気か？」ときかれる。「いや、祖父は十一年前に亡くなり、祖母は今年の二月に亡くなったばかりです」と答えた。するとその瞬間、達治さんはガクンと首を落とし目を閉じてしばらくはじいっとそのまま動かなかった。

と書く。場合によれば養母となったかもしれない女(ひと)の死である。祖母ハツも、府立中学教師の就職活動までした。特別の思いがあったのだろう。

その後も和彦氏は、達治に逢う。「東京で、昭和二十八年のことである」。東京都世田谷区代田の岩沢さん宅に住んでいた。昭和二十九年七月、「札幌に転勤するまでの間、数回訪ねた」、その時々の達治の様子が書かれる。

さらに九年後、東京に戻った昭和三十八年、数回訪ねた。「達治さんと最後に逢ったのはその年の九月の日曜日の午後で、その時は達治さんの居間でなく、隣りの座敷で、琳派風の屛風があったのを記憶している」。この時、著書『萩原朔太郎』（筑摩叢書第一号、昭和三十八年五月刊）と『草上記』（新潮社、昭和三十八年八月刊）を贈られた。サインをしてもらう。『萩原朔太郎』には恵存、『草上記』には几下を書かれた。「これが達治さんの私へのかたみになろうとは思いもかけぬことであった」。翌年、「昭和三十九年四月五日、三好達治さんは狭心症で亡くなった」。

さらにその後、「昭和五十三年二月、私は南画廊を辞め、独立して自分の画廊を開くこととなった。その年の八月二十四日、私は初めて高槻市上牧の本澄寺を訪ねた」。ここに達治の墓と記念館があり、達治の弟・竜紳氏が住職として守っている。和彦氏は、竜紳氏とその息子の孝さんに逢い、三好さんと佐谷家のことを話した。

後、和彦氏は一人、達治の墓に手を合わせた。

「一体達治さんと私はどういう関係なのであろう？　おばあちゃんが達治、達治とくりかえし私に言わなかったら、達治さんとは逢っていなかったであろう。そこに強い吸引力を感ずる。」

「達治、達治」「君は恒夫さんの子か」

三好達治の中に、特別な思い、佐谷家とのつながりがあったのだ。

私はこの『画廊のしごと』の「三好達治」を読んで、いつかは和彦氏に会えるという思いを抱いた。

結果として佐谷和彦氏が亡くなる一か月半前、四月五日、大阪都島区大川畔の大阪市公館で行われた、第三回三好達治賞贈呈式に出席した。

少し早目に着き、受付をすませたが、出席予定者の並んでいる名札の中に、「佐谷和彦」があるのを見つけた。

受付の人に、「佐谷和彦さんが出席されるのですね」と確めると、「そのはずです」と言う。後からわかるのだが、この日の受賞者、田中清光氏（受賞詩集『風景は絶頂をむかえ』）と特別の親交がおありだった。

私は第一回の三好達治賞から式に出席していたが、佐谷氏が出席されたことはなかったので、ここでお会いできるとは思わなかった。

贈呈式の一部・二部から、第三部懇親会へと進んだ。佐谷氏は東京からだから遅れているのかと待ったが、最後まで姿を見せられなかった。

その中で懇親会の挨拶に立たれた三好達治氏の娘さんが、佐谷画廊で田中清光氏の絵を買ったことを話した。

田中清光氏は、詩人のみならず画家でもあるらしい。

その話の記憶があったので、今年になって本稿を書くにあたり、下調べもせず失礼かと思いながら、田中清光氏に手紙を書いた。

佐谷画廊と田中清光氏のこと、佐谷和彦さんのことを少しでも、知りたいと思った。手紙には、田中清光さんが佐谷画廊で何回展覧会をされたか、それは何年のことか。加えて、清光氏の知る佐谷和彦氏のことを教えて欲しい、と書いた。

加えてのことは、手紙では答えにくいだろうと思いながら、たとえ、一、二行の印象であっても、と。

すると、日を置かず、田中清光氏からの返信が届いた。大型封筒には、三冊の「田中清光作品展」図録が入っていた。

個展は、三回行われていた。

第一回は、二〇〇一年三月、会場は、ギャラリー池田美術、「「東京大空襲」そして「越境へ」」の題が付いている。

第二回は、翌二〇〇二年九月、会場は同じギャラリー池田美術、「根源からの呼び声に導かれて」と題されている。

第三回は、二〇〇四年十一月、会場、トップルーム寺田、題、「未開の時空へ」。

佐谷画廊を銀座から自宅の荻窪に移してからは、他に会場を借りての企画展だったのだ。

図録は、B五判（週刊誌サイズ）、三十二頁から四十頁、中トジであるが、田中清光氏の絵と詩と文章、佐谷和彦氏の解説で構成された、詩画集となっている。

詩人田中清光氏の絵が、どのようなものであったか。それは、シュールレアリストが用いたデカルコマニーの手法による絵画だった。

「問われれば、私が画に向かうのは見えない世界を見えるものとして表わしたいから、…現実にはない、しかし精神の現実としてありうる、見えないものを表現したいから、ともいってみる」

と清光氏は書く。佐谷氏は。

「肉体の条件など突き抜ける精神の燃焼が激しく続いた」「この人はスゴイと驚いた。尋常ではない」「デカルコマニーを超えた」と清光氏を讃する。

深い言いようのない濃密さ。佐谷氏の言う「尋常ではないもの」を、私も見た。

添えられた清光氏の私宛ての手紙には、

展覧会は三回でしたが、亡くなる前も佐谷さんは四度目の展観をしたいとくりかえし言っておられました…。

佐谷さんのたいへんすぐれた眼力と見識をもっておられたことを思い、残念でなりません。

と書かれていた。

（「海鳴り」21号・二〇〇九年六月）

二つの葬儀——庄野英二、川崎彰彦

庄野潤三さんには、一度だけ会ったことがある。庄野英二さんの葬儀でだった。

庄野英二さんの葬儀は、家族・親族と、近親者のみで行われた。

一九九三年十一月二十六日（金）、午後四時三十分に、大谷晃一さんから、庄野さんが亡くなったという電話が入った。

大阪住吉区の大阪府立病院に、私が着いたのが、五時十五分。霊安室の前に、長男の光さんが立っていた。すぐに、大谷さん、伊藤さん（帝塚山学院職員）が着いて、伊藤さんの車で、庄野宅に向かった、と手帳に書いている。日録をたどる。

翌朝、私は行きつけの花屋で、庄野さんが好きだったバラの花、七十八本、庄野さんの年齢の数だけ買い、庄野宅へ。十二時着。長女晴子さんの娘、孫の高校生だった由佳里ちゃんが、水揚げをするのだと言って、新聞紙にバラを拡げた。この日は、二時三十分にノアの事務所に帰っている。

翌日、二十八日、日曜日、葬儀の行われる日は、朝十時三十分に、庄野宅に行っている。手帳には、十時納棺と書いてもいるが、納棺には立ち会わなかったのだろう。

十一時に、お別れ(式)。十一時五十分、出棺。車は黒塗りのワゴン車。庄野家の玄関ドアは濃い赤。十二時二十分、瓜破霊園着、いったん庄野家に戻り、食事をして、再び霊園へお骨揚げに行った。二時三十分。どれほどか待った後、骨揚げをすませて庄野宅に戻った。その後、事務所に四時三十分に行っている。

私は直ちに、新聞、テレビ放送、マスコミ各社に、庄野英二さんの死を電話、FAX送した。大谷さんからの指示で何より責任を感じていた。

今、手元に、二枚の写真を見ている。お別れ式の時の、棺を囲んだ人たちの写真で、私が撮ったもの。

部屋の中央に、白い布で覆われた棺が置かれ、その上に、白い花が二束にして載せられている。

棺の後ろ側に並んで立つ人々。中央に背の高い末弟の庄野至さん。その後ろに掛け軸の「地の果て――」がのぞいている。一人おいて、光さん。左端に大谷晃一さん、右側には、長女晴子さんがいる。

棺手前の人たちは、座っている。中央に、立派な白いカイゼル髭を生やした体格の良い年配の男性が胡坐をかき、膝の上に小学一、二年ぐらいの男の子を乗せている。

その右隣が、庄野潤三さん。正座のためか、少し身体が傾き前かがみとなり、両手を膝に置いている。そのためか、口元も左上がりの「へ」の字になっている。潤三さんの右隣が由佳里ちゃん、制服を着ている。由佳里ちゃんの手前に、英二氏夫人悦子さん。

写真は部屋の入口から撮っているので、一枚に入りきらず、ずらした二枚で全員を収めているのだ。胡坐の中の男の子を入れて、二十三名、男性十六名、女性七名である。なぜかこの中に杉山平一さんの姿がない。

こうして見ると喪服姿はほとんどない。悦子さん、光さんぐらいか。潤三さんも黒い背広であるが、ネクタイは紺のストライプで、下にねずみ色の毛糸のチョッキをのぞかせている。至さんも黒っぽい服ではあるが喪服ではない。大谷晃一さんも同様、グレイの背広の人、紺らしき背広の人もいる。晴子さんは白い服。もう一人、白い服の女性がいる。この中には、潤三氏夫人もいるはずである。

二枚の写真は、微妙にそれぞれの表情が違っているが、一方で、晴子さん、至さんは白い歯を見せている。悦子夫人、大谷さんの口元も穏やかである。

この写真の前に行われた、「お別れ式」も、堅苦しいものではなかった。

潤三さんが、お別れの言葉を述べた。

「英ちゃん」

と語りかけた。兄弟で、兄のことを「英ちゃん」と呼ぶのか、と新鮮な思いであった。

「英ちゃんのおかげで、旅行ができた」

潤三さんは、両親の墓参など、大阪への旅を楽しみにしている。お気に入りの中之島のグランドホテルに泊まる。そのために積立貯金をすると書いている。

「英ちゃんの書いたもので、英ちゃんにしか書けなかった『ロッテルダムの灯』『――』『――』の三篇は、すぐれて後に残るものだと思う」

と、物書き同士の兄弟の作品を、あくまで客観的に評価するのだ。

庄野英二さんは、児童文学者であり、帝塚山学院の学長であったが、潤三氏のように作家になりたかった。

私は、潤三氏が上げた英二さんの三篇の中で、「ロッテルダムの灯」は、はっきり覚えているが、後の二篇を聞き洩らしている。潤三氏の言葉も書きとめていない。肝心のことは抜けているのだ。

他に覚えているのは、骨揚げに行った斎場で、待ったことである。

ソファーで待っている時、光さんが自動販売機で飲み物を買って、配ってくれた。傍に杉山平一さんがおられたように思う。静かな長身。が、先の写真からすると、骨揚げに行ったのは、光さん、至さん、大谷さん、と私の四人。であればタクシーは一台に乗れる。杉山さんがいたとすれば、二台いる。杉山さんは、遅れて出棺に来たとも考えられる。

今年、至さんと、この時の記憶をすり合わせたが、至さんの記憶では、「お骨揚げには、光と二人で行った」ことになっているらしい。

私も、待たされたこと、光さんの缶飲み物の記憶はあるのだが、実際の骨拾いの場ははっきりと浮かんでこないのだ。

翌日の新聞各紙一斉に、庄野英二氏の死亡が報じられた。どれも写真入りで大きい。

「毎日新聞」

「急性心不全のため、大阪市住吉区の病院で亡くなったことが二十八日わかった。葬儀・告別式は故人の意志で行わない」以下、業績。

「朝日新聞」

「――七十八歳だった。二十八日、遺族と近親者だけで見送りを済ませた。作家の庄野潤三氏は実弟」

その他、どの新聞にも、庄野潤三氏は実弟。作家庄野潤三氏の兄、とある。

翌、二十九日には、「読売新聞」夕刊に、杉山平一氏の追悼文「少年の心、詩人の魂」が載った。

「庄野さんは佐藤春夫を師と仰いでいて、その、小説はどんなかたちでもいいという教義に従っていて、ひとり浪曼の道を行く概があった。

いつも胸を張って歩く容子に、私は、「汝は帝王なり、ひとり生きよ」というプーシキンの詩を彼にデディケートしたことがある」

三十日には「朝日新聞」に、大谷晃一氏が「庄野さんが文学に込めた心」を書いた。

「あふれるような空想力があると思えば、丹念な写実がある。生半可な観念はどこにもない。

平明で、伸び伸びと、節度と気品ある語り口であった。詩情がにじみ、ユーモアがある。野生や自由を夢見ながら、帝塚山育ちの典雅や折り目正しさを持ち、恥らいや謙譲という一つの美学を持って生き抜かれた」

葬儀もまた、何ごとにもとらわれない、美学のものであった。

川崎彰彦さんが亡くなったのは、今年、二〇一〇年二月四日。

庄野英二さんと川崎さんの結がりは、川崎さんが一時期帝塚山短大で講師をしたことがある。

午後、川崎さんが主宰した同人誌「黄色い潜水艦」の島田勢津子さんから電話があった。留守の午前中に、同じ「潜水艦」の三輪正道さんから電話があったというのは、このことだったのだ。

翌、五日が通夜。私たち（妻敬子と）は、早目に出た。同じ大和郡山で近年転居した今の小泉町の家は初めてである。様子だけを聞いていた。

ＪＲ小泉駅からタクシーに乗り、教えられたあたりで降りると、後方から三輪正道・フキ子夫婦がやって来て、迷わず川崎さんの家に着いた。日が暮れてから来た、金時鐘夫妻とかつての川崎さんと同じ大阪文学学校事務局員野口豊子さんは、このあたりで、三、四十分迷ったという。

家は、町はずれの田園地帯、道路から内に入った、ひとかたまりの小住宅地の中にあった。小さな二階家である。以前は、郡山城に近い文化住宅の二間だったから、借家でも一戸建てである。

狭い玄関。二部屋と台所。表側のフローリングの部屋に、川崎さんの棺が置かれていた。東京から、講談社に勤める一人息子の川崎与志夫妻が到着。今の川崎夫人となった当銘広子さんと挨拶をかわす。限って知らされた約二十名が集まった。

近親者といっても、川崎さんより年長は、金時鐘さん、川崎さんと長年同人雑誌を共にした広岡一さんだけで、後は川崎さんを慕う年少の者たちで、四十年前の大阪文学学校時代から始まっている。

通夜と言っても何をするわけでもない。四天王寺の音楽会や催しのプロデュースをしていた、今は「黄色い潜水艦」のメンバーとなっている中西徹さんが、(門前の小僧ならぬ)門中の初老で、尻切れトンボの経らしきものをとなえただけで、後はただ酒を呑んで、しゃべった。

話題になったのは、川崎与志氏があまりに父にそっくりなことである。顔だけでなく、表情、しぐさ、ちょっとした動きのひとつひとつまで酷似している。若き日の川崎さんがいる、と皆が喜んだ。

川崎さんの「遺言」に、「葬儀は皆んなで楽しくお酒を呑んでください」とあって、そのとおり、川崎さんのこと、文学学校時代のあれこれの話が飛びかい、同窓会の雰囲気となった。

翌日の葬儀は、午前十時。僧侶が来た。司会は、映画「殯（もがり）の森」で一躍スターになった宇多滋樹さん。金時鐘さんが葬儀には出られないので、昨夜書いてもらった「送る言葉」を読んだ。

「『まるい世界』の川崎彰彦は、光の輪であった。その光の輪の中に、いま川崎を慕う者たちが集まっている、○○がいる、○○がいる、三十年をしぶとく生きた」。『まるい世界』は最初の著作名。

○○と書いているところに、名前を入れるように示してある。川崎さん行年七十六歳。「三十年をしぶとく生きた」とは、四十八歳で脳梗塞を起こしてからの約三十年。当銘広子さんとの二十年も重なる。

続いて野口豊子さんが、かつて小野十三郎さんが川崎さんに宛てて書いた生原稿の詩を朗読した。

与志さんの挨拶。離れて暮らす父の世話を最後までしてくれた当銘広子さんへの感謝の言葉を述べた。

私は、通夜・葬儀の人々を写真に撮ったが、棺の中の川崎さんも写真に撮った。そこまで、と思わぬでもなかったが、作家のデスマスクをとることもあるのだからと、最期の姿を納めた。

その肉体が、あっけなく灰となった。

火葬場から大和丘陵の道を下る時、三輪正道さんと、もう一人は誰だったか、相前後して、「川崎さんの『冬晴れ』ですね」と言った。

雲がいくつも浮かんでいるが、空は晴れわたり、景色はくっきりと澄んでいる。

『冬晴れ』（編集工房ノア）は、川崎さんが北海道新聞社を辞めて、大阪に来た、二年後の作品から二十二年間の短篇十八篇を収めている。

表題作「冬晴れ」は、父のこと、父の葬儀の日のことを書いている。

父は軍医。最後は中佐までになったが。「栄光の季節も長くは続かなかった。昭和二十年八月十五日が来た。この日かぎりで父の時計はぴたりと止まってしまった」。一月十九日。「父の死んだ日は雪模様だったが、あくる日は拭われたような青空になった」。まさにこの通り、昨日は、ひととき雪も舞ったのだ。

川崎彰彦は、文体も精神もダンディズムの人であった。その人が、二度にわたる脳梗塞の後、三十年をしぶとく生きた。

私たちは、「冬晴れ」の日に、川崎さんを送った。

（「海鳴り」22号・二〇一〇年六月）

＊二月六日は、立春を過ぎているので、川崎さんなら「冬晴れ」とは言わないのではないか、とある人から指摘された。

また、この場にいた仲間の鬢の自由人・キーやん（貴田宏）が、一週間後、ふらりとわが社に来て、顔を見るなり、「この前の川崎さんの葬式は楽しかったなあ」と、口元をほころばせて言った。そのキーやんも、川崎さんを追うように、その秋亡くなった。

二つの訃報——島田陽子、宗秋月

1

一つは島田陽子さん。
二〇一一年四月二十三日（土）の「朝日新聞『天声人語』」は次のように書いた。

詩人の島田陽子さんを知らなくても、大阪万博のテーマ曲「世界の国からこんにちは」は大勢が覚えていよう。１９７０年、三波春夫さんの声で流布した歌は、時代の応援歌そのものだった▼歌詞は公募で、島田さんの作が1万3千余通から選ばれた。1カ月ほど寝ても覚めても考え続け、ふと浮かんだ「こんにちは」で詞を組み立てた。徹夜で仕上げ、当日消印有効のぎりぎりに投函(とうかん)したそうだ。滑り込みセーフで国民的歌曲は誕生した▼島田さんの詩は大阪言葉が冴(さ)えわたる。女の子が、男の子のことを〈あの子かなわんねん／うちのくつ　かくしやるし／ノートは　のぞきやるし／わるさばっかししやんねん／そやけど／ほかの子ォには　せえへんねん／うち　知ってんねん〉▼続けて〈そやねん／うちのこと　かまいたいねん／うち　知ってんねん〉。男子、形無しである。東京生まれながら大阪弁に惚(ほ)れ抜いた。そんな島田さんが81歳で亡くなった▼6年前にがんを手術した。病への驚怖(きょうふ)を表したのだろう、昨秋頂戴(ちょうだい)した新詩集*に次の作があった。〈滝は滝になりたくてなったのではない／落ちなければならないことなど／崖っぷちに来るまで知らなかったのだ〉▼しかし、〈まっさかさまに／落ちて落ちて落ちて／たたきつけられた奈落に／思いがけない平安が待っていた／新しい旅も用意されていた／岩を縫って川は再び走りはじめる〉。昭和の応援歌を書いた人が残した、震災後日本への励ましに思えてならない。

（＊『わたしが失ったのは』二〇〇八年十二月）

天声人語欄全部を使った全文。

島田さんの訃報は、その二日前、二十一日（木）の夕刊、と新聞によっては二十二日

（金）の朝刊に載った。

大阪万博の「世界の国からこんにちは」の作詞や、大阪弁の創作詩で知られる詩人の島田陽子さんが、膵臓（すいぞう）がんで18日に死去した。81歳だった。葬儀は近親者で行った。お別れの会を後日開く予定。喪主は夫滋さん。

東京生まれで、11歳から大阪に住んだ。現代詩から少年少女詩まで幅広く詩作。1970年に大阪で開かれた日本万博博覧会のテーマソング「世界の国からこんにちは」を作詞した。詩集に「大阪ことばあそびうた」「おおきにおおさか」、エッセーに「金子みすゞへの旅」など。（「朝日新聞」二十一日夕刊）

この各新聞社の訃報記事になる元の知らせは、私がたのまれていた。

私が島田さんの死を知らされたのは、十九日、午後だった。私の留守に、島田さんが発行人である「現代詩」詩誌「叢生」の江口節さんから電話があった。私は驚いて、島田さんの家に電話をした。ご主人が出られた。

まだ一か月もたっていないと思う。島田さんから電話があって、いつものように、次の詩集の話やら病状のことやあれこれ長話をした。

その中で、

「わたし、死ぬのは、そんなにこわくないのよ。淡々と受けとめられると思う」、その続きで、マスコミへの連絡は、「あなたがして、慣れているから」と言った。

私はどう言っていいのか、少しとまどい、「それはまだまだ先でしょうが、その時はお引き受けします」と決心しながら応えた。


そんな話があった後、四月二日、大川端の大阪市公館で行われた、「三好達治賞の会」に出て来られたので、顔を見て安心した。懇親会の閉会の島田さんの挨拶も無駄がなかった。


ご主人の話では、亡くなったのは、昨日、十八日午後二時五十三分。死因は、直接は肺炎だろうが（肺への転移があった）、死亡診断書は膵（臓）ガンとなっている。葬儀は一般葬はせず、二十一日に家族だけですするという。

「カラサワさんにたのんである、と言うてました」とご主人は続けた。

家族葬だけでは収まらないだろう。べつに、詩人たちや島田さんの広い交友の方々に対するお別れの会をもたなければならない。

私は、新聞社への連絡は、二十一日、家族葬が終わるのを待ってすること、詩人、関係者によるお別れ会をすることをご主人に話した。

二十一日、私は次のようなファックスを各新聞社に送った。


訃報。

詩人、島田陽子さんが亡くなりました。

四月十八日、午後二時五十三分、市立豊中病院で膵（臓）癌のため死去。葬儀は二十一日、近親者のみで済ませました。詩人、関係者によるお別れ会を後日開く予定です。

以下、資料として略歴を付けます。

島田陽子（しまだ・ようこ）一九二九年六月七日生まれ。八十一歳。

詩人、エッセイスト。70万博の歌「世界の国からこんにちは」の作詞者。現代詩、大阪弁の創作詩、少年少女詩、歌う詞、など幅広い詩作をした。

東京生まれ、十一歳から大阪に住む。大阪府立豊中高女卒。

日本現代詩人会、日本詩人クラブ、日本文芸家協会、関西詩人協会会員。日本現代詩歌文学館評議員。日本童謡協会、詩と音楽の会会員。一九九三年第28回大阪市民表彰「文化功労」表彰。

詩集『大阪ことばあそびうた』『続大阪ことばあそびうた』『おおきにおおさか―続続大阪ことばあそびうた』『帯に恨みは』『わたしが失ったのは』（以上編集工房ノア）『新・日本現代詩文庫・新編島田陽子詩集』（土曜美術社出版販売）。エッセイ『うたと遊べば』『金子みすゞへの旅』（編集工房ノア）。『方言詩の世界』（詩画工房）。童謡集『ほんまにほんま』（共著・サンリード／第11回日本童謡賞受賞）。少年少女詩集『家族』（かど創房）。『かさなりあって』（大日本図書）『うち知ってんねん』（教育出版）。レコード「世界の国からこんにちは」。合唱組曲集「おおさか風土記」。

以上であったが、著書は全部ではない。テーマ別に編集されたアンソロジーにも、実に多くのものに収録されている。歌う詞も多く、各地のご当地ソング、校歌、歌謡詞、ワイルドワンズが歌ったものもある。幅広い多くの詩作をした。

島田さんのことで私がまず思い浮かべるのは、東京生まれの島田さんと大阪弁の出会いである。

…大阪市内の姑の家に行っていて、たまたま、外から聞こえてきた会話に耳を奪われたことがあった。近所の年配の女性たち数人が、何でもないおしゃべりをしていたのだが、その声を聞くともなく聞いているうちに、それが実に丸くて、やわらかくて、なめらかなひびきを持っているのに気づいた。

大阪弁というのは何と美しいひびきを持つことばだろう。大阪の市井の女性たちがふだん使っていることばは、こんなにきれいなことばだったのかと、驚きと感動でふるえるような思いをした。

（「大阪ことばに魅かれて」『うたと遊べば』所収）

「大阪弁というのは何と美しいひびきを持つことばだろう」。この文章の一節は、島田さんの文章の中で一番美しいものだ、と私は思っている。

この時、島田さんは直接市井の女性たちと話したのではない。窓か壁越しかに外の声を聞いた。その心地よさ、情景が浮かぶ、やわらかな響きが伝わる。

また、島田さんは十一歳で大阪豊中に来て、自分をバイリンガルだと言った。東京弁と大阪弁のバイリンガル。だからこそ、美しい大阪弁の発見があった。大阪弁の詩が、少年少女の詩が本流となってほとばしり出た。

もう一つは、島田さんの『金子みすゞへの旅』である。早くから金子みすゞの詩に出会い衝撃を受けた。岩波文庫の『日本童謡集』に収録されている「大漁」を読んだ。

朝焼小焼だ／大漁だ／大羽鰮の／大漁だ。／／浜は祭の／ようだけど／海のなかでは／何万の／鰮のとむらい／するだろう。

の引用に続き「私は衝撃をうけ心を激しくゆさぶられた。…私はこの『鰮のとむらい』という言葉にとらわれたのだった。」と書いている（「死へ傾斜する童謡」『金子みすゞへの旅』所収）。人間にとっての鰮の大漁は、鰮にとってはとむらい、なのである。昔、鰮は渚に打ち上げるほど、海にあふれた。

その衝撃から「私は研究者ではない」とことわりながら、仙崎・下関、実際の旅と、心の旅をした。

金子みすゞは、「母と同じ年だった」。みすゞの「父恋」、島田さんの父との確執。さまざまな思いを重ねた。「悲しみの明るさ」私が帯の背に書いたコピーを島田さんは良いと言ってくれた。

そして現代詩。

島田さんはあえて「現代詩」という言葉をよく使った。良い「現代詩」を書きたい。万博のうた、大阪ことばあそびうた、など広く知られながら、現代詩の詩人であることにこだわった。「世界の国からこんにちは」の島田陽子と言われるのが嫌だった。

しかし、他人が書けない「詞」「大阪ことばあそびうた」を、「現代詩」の私が書いた。「世界の国からこんにちは」の「こんにちは」、「一九七〇年のこんにちは」は、現代詩を書いているから書けた、と言った。

島田さんの「現代詩」の出発は、小野十三郎が校長をした大阪文学学校の前身、「夜の詩会」である。島田さんの第一詩集『ゆれる花』(一九七五)の跋文を小野さんが「軽く翼を泳がせて　重い荷物をはこべ」と書き、詩世界を指し示している。出発に小野十三郎「夜の詩会」のリアリズム、があった。「一九七〇年のこんにちは」も、金子みすゞの「鰮のとむらい」も「大阪ことばあそびうた」「うち知ってんねん」も、すべて根底のリアリズムから生まれている。

島田さんとは、長い時間をいっしょにすごした。一九八二年、第三詩集『共犯者たち』から、細かいやりとりをして詩集、エッセイ集を十点作った、時間。

詩人の集まる会、島田さんの関係する会で出会う、会が終わると住まいが同じ方向なので、千里中央駅まで、いっしょに帰る。タクシーで、また女房の運転する車で、自宅に送ることもあった。島田さん作詞の歌のコンサートへも行った。プログラムに詩を書いた神戸生田神社の薪能にも誘われた。電話での長話の時間。

そういえば二人で、東京銀座のシャンソン喫茶「銀巴里」に行ったこともある。

島田さんが所属する詩誌『地球』（秋谷豊主宰）の「地球祭」が行われる前日のこと。翌日の地球祭で、ノアで出版した安水稔和詩集『記憶めくり』が第十四回地球賞を受賞する。

一九八九年十一月二十四日、午後六時、「銀巴里」の前で、待ち合わせた。

私は、「銀巴里」に、ある思いがあった。私が中学生の頃、叔父が銀巴里でピアノをひいていた。高一の冬休み、二人の姉に連れられて東京に行き、豪徳寺にあった叔父の住まいに泊まった。その時、叔父の口から、銀巴里で歌う丸山（美輪）明宏や戸川昌子の名前が出た。戸川が江戸川乱歩賞をもらった『大いなる幻影』のサイン本を見せられた。「戸川は、歌のほうがうまい」と言った。

この叔父は、共産党員で、私が小学六年生の夏、中国から最後の引揚船白山丸で「帰国船白山丸に、日共党員六十六人混じる」（「毎日新聞」）の一人として郷里舞鶴に帰国（密出入国）した。

音楽家ということで、大衆歌曲運動と称し作曲をし、ピアノを弾いた。最後は、新宿のクラブ（酒場）のピアノ弾き、一九七二（昭四十七）年六十四歳で死んだ。銀巴里にいたのはわずかな期間だったと思うが、スタッフで叔父のことを知る人があれば、とも思ったのである。そのことを島田さんに話した。

この日のステージは、荒井洸子という歌手であった。彼女の歌う「百万本のバラ」に泣いた。ステージの黒シャツに黒ズボン、ピアノを含めた四人のバックバンドに叔父を重ねたのかもしれない。受付で叔父の話をしてみたが、そんな昔のことはわからない、と東京弁で言われた。

銀巴里を出たあと、私たちは有楽町のガード下の居酒屋に入った。島田さんは呑める方ではなかったが酒と話を楽しんだ。

東京に住む息子のところに泊まるという島田さんと、有楽町で別れた。

島田さんは、余すこと、が嫌いだった。エッセイでもすべてを盛り込んだ。ご主人との約束は「主婦、母としての役割さえ果たせば、何をしようと自由だ、と認めていた」(「詩的自叙伝」「詩と思想」)だった。読むこと、書くことは深夜におよんだ。徹夜もした。非常な努力で島田陽子を作り、生ききった。全部を生ききった。

島田さん、よかったですね。

2

宗秋月が死んだことは、芝充世さんから知らされた。

島田さんの家族葬の二日後、四月二十三日、夕方の電話だった。明日が、通夜、だと言う。

宗秋月、芝充世は、私が一九六九年に入った、大阪文学学校の先輩(私はこの言葉が好きではないが)である。

この時、宗秋月はすでに文学学校をでていて、鶴橋の路地裏で、お好み焼屋をやっていた。どういう知り合いなのか家の玄関先を借り、鉄板台を置いただけの店ともいえないしのぎのようなものだった。

トイレはなく、「月を見てきて」と外に出され、周囲の駐車場の影で用を足した。近所から苦情が出るというのも当然だろう。女性の場合は、店の奥でテレビを見る気配にむかい秋月が、「すみません」と声をかけその家のトイレを借りる。肩身の狭い営業だった。

その頃、私は定職がなく、編集、出版のまねごとをしていて、宗秋月の詩集を出すことになった。「頼母子のお金が、落とせる番」だと言った。

訃報記事は、その日の夕刊に載った。宗秋月となっている。

宗　秋月さん（チョン・チュウォル＝詩人、本名宋秋子〈ソン・チュジャ〉）23日、急性腎不全で死去、66歳。通夜は24日午後7時、（三行略）

在日韓国人2世として佐賀県に生まれ、大阪文学学校で学んだ。在日女性文学の先駆け的存在だった。著書に「宗秋月詩集」「猪飼野タリョン」など。

（「朝日新聞」）

編集工房ノア刊『宗秋月詩集』の奥付、著者紹介。

〈外国人登録書による筆者紹介〉

・国籍の属する国における住所（全羅南道済州島安徳面和順里）・出生地（佐賀県小城郡小城町上町）・世帯主（宋寛伯）・続柄（次女）・居住地の地番（大阪市生野区東桃谷町2の5桃谷ハウス内）・氏名（宋秋月）（松本秋子）・番号（⑨第416535号）・性別（女）・生年月日（伏せる→著者の希望）・職業（／）・旅券番号（／）・旅券発行年月日（／）・上陸した出入国港（／）・在留資格（／）

発行日は一九七一年四月一日。序文・小野十三郎。

「彼女が身につけた日本語の詩の言葉には、はやる私の気持を沈静させる秘薬のごときものが、香りを放っている。…このひとの人間からも、作品からも、私が感じるのは大らかな母性だ、…若々しく、美しく豊満な艶っぽいほど豊満な宗秋月の肢体と共にあるところの。」と豊満をくり返している文章から、宗秋月を思い描いていただきたい。

『宗秋月詩集』を含め、大阪文学学校周辺で同時期出版された三冊の合同出版記念会が持たれた時、川崎彰彦さんが「そうさんは改名したの」と言った。傍で聞いていて、私は「あっ」とひそかに息をのんだ。川崎さんは「宋から宗に名前を変えたのか」と言っているのである。とがめる口調であった。

私は思いもしなかった。馬鹿な私は、対馬の宗氏のことが頭にあり、最初から「宗」だと思っていた。「そうしたんです」と、宗さんは応えたが、そうしたのには違いないが、そもそもは私の思い違いから生じたのではなかろうか。彼女自身はどうであったのか。一九六八年出版の、アンソロジー『大阪文学学校詩集』に収録されている「チェオギおばさん」は宋秋月となっている。今でも私の罪であるかもしれないという思いが残る。

宗秋月の一篇といえば、この詩が浮かぶ。

……
わたしは九本の指で
行商をすることにした

日本のおなごの可愛らしさ

わたしの指のふれた顔・顔
ルージュをぬってやった口唇
眉の描き方を教えてやったおなご
歯のうく世辞に毒いりの化粧品
わたしは日本中の女を
ころして行く
みんな同じ顔にして行く
これが流行(はやり)の化粧法ですのよ
あかあかと
ぬりつぶせぬりつぶせ
日本の顔　海の恐さを知らない顔
格子戸を開いて
母さんよりも
すごい鬼になるよ　わたし

（「子守り唄考」部分『宗秋月詩集』所収）

宗秋月は、お好み焼屋をやる前、化粧品の訪問販売をしていた。その後の人生はどうであったのか。

年月をおいて最後に会ったのは、「朝日新聞」文化部記者であった音谷健郎さんが定年退職後に出した『文学の力―戦争の傷痕を追って』(人文書院)の出版記念会、二〇〇五年二月四日、であった。その時、病気をしたのだ、と言っていた。

通夜は、今里の小さな葬儀会館であった。大方の同胞の人たちの中、かつての文学学校時代の顔ぶれもあった。上田隆や、顔は覚えているが名前のうかばない二、三の女性、男性。芝充世は大人になった息子と来た。思っていたより少ない。これだけなのかと思う。もっと来るべき者がいたはずである。秋月と同年代の文学学校の仲間、滝本明、紅山敬子、高村三郎、はすでに亡い。冨田隆はどうしているのか。

司会者は、十六歳で佐賀から出てきて苦労を重ねた。女性在日朝鮮人詩人の草分け的存在であったことを述べた。喪主・夫の高橋繁雄氏の挨拶はなかった。

高橋氏は、背の高い肩幅の広い男性だった。

「カラサワさん、秋月が死んでさびしいやろ」と初対面の私に言った。

隣に座った芝充世は、秋月と最期の付き合いがあり、秋月には六人の孫がいると言った。

六人の孫がさらに何人の孫を持つか。

「ミゼは三億（米帝）／イルボンは一億（日本）／チュングは七億万人で（中国）／チョソンはたったの（朝鮮）／四千万人や／うちの子供が一人ふえても／なんでこんなに少ないねんや」（「チェオギおばさん」『宗秋月詩集』所収）

と書いた。宗秋月は必ずしも詩人をまっとうしたわけではなかったが、何より在日を生きる証を残した。

宗秋月の顔は、腎臓病のためか音谷氏の会であった時よりふっくらしていた。若き日の「美しく豊満な艶っぽ」さを漂わせていた。文字通りの母性だ。

宗さん良かったね。

（「海鳴り」23号・二〇一一年八月）

＊没後、『じいさん　ばあさん―詩とうたと自伝』島田陽子遺稿集、編集工房ノア、二〇一三年十一月発行。

『宗秋月全集―在日女性詩人のさきがけ』が、土曜美術社出版販売から、二〇一六年九月発行された。

II

大洲からの手紙――専務さん、杉山平一

正確には、愛媛県松山市の、中村不二さんからの手紙である。封書、表書きは、『希望』を読んでの係御中とあり、裏の差出人の脇に、カッコして、大洲市出身と書き加えられている。

別に、編集工房ノアが出版物にはさみ込んでいる、「通信用カード」も入れられていて、それには、年齢八十一歳とある。

中には、便箋三枚。小さな字で、びっしり書き込まれた手紙が入っていた。

話が長くなりますので手紙に書くことにします。私が杉山平一さんの『希望』を購入しました理由から話さねばなりません。

と手紙は始まる。昨年(二〇一二)秋、出版した杉山平一詩集『希望』の読者であった。消印は、今年二月九日。

…元同級生の友人より「このお方は学徒動員で尼崎精工に行っていた時の社長さんのご子息様です」と知らされました。

私共は、昭和十九年十一月より翌二十年六月十五日の大空襲の日まで、一〇〇名程の女学生(愛媛県立大洲高等女学校三年生)は、旋盤工として高射砲の信管?を(五尺タ―レット七工程で)作っておりました。十四、五歳の小娘の時です。ただお国のためにと働いておりました。その時に社長様のお代わりだったのでしょうか、専務さんのお話をお聞きしまして…、私はお顔はなぜか今でも良く覚えております。

と続く。杉山平一氏は、父が昭和十三年に設立した、尼崎精工株式会社に、翌年から勤務することになり、人事課で青少年工の指導に当たった。尼崎精工に学徒動員が始まったのは昭和十九年。五月には、三高生が中村直勝教授に引率されて来た。

これは少女から見た、貴重な学徒動員の証言である。

手紙は、さらに、地方紙に掲載された現在の杉山さんの写真を見て、自分が思う同一人物か、市立図書館に確かめに行く。図書館に杉山さんの『詩と生きるかたち』があり、その中に、昭和二十年代の写真が入っていて、「私の覚えておりました背の高いお方に間違いありませんでした」と、かつての専務さんが、詩人杉山平一であったことを確認する。

その後中村さんは、杉山さんの『わが敗走』を読む。

この本に戦時中のことなど、そして勤労学徒のことが一行でもあればと読みました次第です。やはり読んで行きます中に見付けました。専務さんは私共のこと（大洲の女学生のこと）覚えていて下さっていてほんとうにうれしく思いました。

中村不二さんが見付けた箇所。「わが心の自叙伝」二七〇～一頁。

…人手はどんどん召集されるので、徴用、女子挺身隊、学徒など、素人がどしどし工場へ補充されていった。

淡路、香住、竜野、御津などの兵庫県内のほか、福井と、四国の池田、大洲の若い女性たちが、挺身隊として機械作業についた。なかでも大洲の挺身隊は、女学校だったが、隊伍整々、行儀の美しいことが、いまでも心に残っている。後年「おはなはん」で有名になり、なつかしかった。

「隊伍整々」「行儀の美しいこと」と、大洲女学校の生徒の印象を特別に書いている。その女生徒たちの作業の姿を思い浮かべる。

さらに中村さんは、今年になって詩集『希望』を読み、感動したことを書く。

…静かな時間を見付けましては何度も何度も読んでおります。頭の中に絵が浮かんで来るんです。へーそんな考えが、と感心しましたり…、

と、この詩集に出会えたことがうれしく、友人たちにも「あの社長さんのご子息様の詩集ですよ」と、すすめます、と手紙は締めくくられている。

私は、読者からのここまでの手紙をもらって、早速杉山さんに手紙のコピーを送ると共

に、中村さんへの返事を書いた。

杉山さんが、『わが敗走』で書いている、前の文章を、書き移した後、

何事も、人は、その生き方が大事なのだなと、思います。杉山さんが『わが敗走』と呼ぶ人生の辛酸の中で、愛媛県立大洲高等女学校三年生の美しさを、いまでも思い出す、人生の出会い。

私も、一度、大洲を訪れ、「おはなはん」の町を歩いたことがあります。静かな落ち着いた深い息づかいの町の印象が残っています。

今日、いただいた手紙で、さらに中村不二さんの人生を、私の大洲に加えることができます。


と、書いた。

私は、大洲に一度だけ、いわば立ち寄っている。

一九九六年八月二十四日、土曜日。この日、早朝、フェリーで松山に着いた。妻の運転する車で、四国半周旅行をした。

十二時二十分、大洲の肱川河畔の「たる井」で昼食をとった。駅の観光案内所で上品な婦人に教えられた川魚の店。とメモ書きしている。その婦人は、職員というより、家庭の品の良い奥さん風で、女生徒の「行儀の美しいこと」と結がっているのではと、今思う。「鮎定食」を食べている。「清流の味がした」、酒一本「喜多美人」がおいしかった、と添えている。

対岸の小高い丘に、小ぶりの白亜の城が、清流に映えて、見えた。食事の後、肱川にかかる橋を渡り、レンガ通り、おはなはん通り、と言った、古い街並みの道を散策した。

この後、大洲から佐田岬へ、十四時四十五分。車を乗り入れ、灯台まで歩いた。一句記している。

　鼻の端光の岬蟬しぐれ

夏の終わりであった。

『わが敗走』の帯文は、次のようにある。

詩人で企業経営者であった著者の孤独なたたかいの姿。盛時は三千人いた父と共に経営する工場の経営がゆきづまる。給料遅配、組合との抗争。手形のジャングル、雷車賃にも事欠く敗走を、詩人自身の目が描く。

尼崎精工は、一九五六（昭和三十一）年倒産。杉山さん四十二歳。その後再建をはかるがはたせなかった。

父は、しかしなお、企業を再生させようと、九十歳まで尼崎に通ったが、ついに起き上がれず、九十二歳で、私の手を固く握って死んだ。ながい苦難の中の同志であり、その愛情と教えは、私のなかに生きつづける。いつまでも。

と『わが敗走』「わが心の自叙伝」は結ばれている。ながい苦難の中で、杉山さんは詩を書き続けた。詩が「敗走」を救った。

九十七歳の新詩集『希望』は、日本現代詩人会が設ける、現代詩人賞第三十回を受賞した。受賞のことばで杉山さんは「私の詩はヒューマニズムが基本に」あると述べている。長く書きながら賞にはめぐまれなかった杉山さんの、六十八年ぶりの受賞であるという。

『希望』の帯文は、詩からとっている。

あたゝかいのは　あなたのいのち　あなたのこゝろ
冷たい石も　冷たい人も　あなたが　あたゝかくするのだ
もうおそい　ということは　人生にはないのだ
終わりはいつも　はじまりである

（「反射」部分）

人生にあるのは
いつも　今である
今だ

（「いま」部分）

（「海鳴り」24号・二〇一二年六月）

東京日記——杉山平一詩集『希望』第30回現代詩人賞受賞

杉山平一さんの九十七歳誕生日、二〇一一年十一月二日付で発行した詩集『希望』が、日本現代詩人会が、H氏賞と共に主催する現代詩人賞第三十回を受けた。その贈呈式が、二〇一二年六月二日(土)、日本の詩祭で行われる。

足腰が弱られ、外出は長女の初美さんの介助による車椅子となった杉山さんが、東京まで行けるのか。

「どうされるんですか」と聞くと、「行きます」と応えられた。前日に飛行機で行き一泊して、当日は受賞を終えればすぐに帰る計画だという。

贈呈式には、受賞者の詩の朗読もあるが、「私は声がいいので自分で読む」と練習もされていると聞いた。

五月十九日。朝九時三十分頃、関西詩人協会の神田さよさんから電話があった。受賞の記念に、関西詩人協会が開催する予定の、五月二十六日の「杉山平一さん『希望』を語る」の講演が体調をくずされて無理らしいこと。杉山さんが出来ない時は私に『希望』の出版のいきさつなど話して欲しい。初美さんから、杉山さんが肺炎で入院したとの連絡があったというのだ。

初美さんからの電話がいつだったのかは確かめなかったが、私たちが話している時、すでに杉山さんは亡くなられていた。九時二十一分。

六月二日。私も行きは、飛行機を使った。鉄路で繋がるのでなく、大阪と東京が同時存在する感覚を味わえるのが、モンタージュの手法、杉山さんの詩に通じるのではないか、と思ったりしながら。

日本の詩祭が行われる、水道橋駅から徒歩五分の、ホテルメトロポリタンエドモントには、開会の三十分前、十二時半に着いた。このホテルでは、塔和子詩集『記憶の川で』第二十九回高見順賞贈呈式（一九九九年）も行われ、この時、杉山さんも出席された。杉山さんと同じ「文学雑誌」の同人、東京在住の中石孝さんも出てくれた。中石さんもすでに亡い。

受付で記帳すると、御子息の杉山稔さんはすでに来ておられるとのこと、控室で通夜・葬儀以来の挨拶をする。少し離れて初美さんもおられた。前日泊し、贈呈式が終わればすぐに失礼します、と言われる。杉山平一さんが初美さんの介助で出席予定されたままに、稔さんが代わられたのだ。

朝日新聞の「惜別」「杉山平一さん」(6／23) を書く記者、大阪の河合真美江さんが現れ、岩国市から来た長津功三良さんに、稔さんと三人での写真を撮ってもらった。現代詩人会会長の八木忠栄さんが優しく声をかけてくれる。隣席の菊田守さん、接待係の李承淳さんがコーヒーとサンドイッチをすすめてくれる。

受付フロアで、井川博年さんなど顔見知りの東京の詩人、大阪から来た大谷典子さん、舟山逸子さんらと顔を合わせた。思潮社の小田啓之さんが、H氏賞受賞詩集廿楽（つづら）順治『化車』のほか、亡くなったばかりの吉本隆明氏の本などの販売コーナーを設けておられたので、私は手持ちで来た『希望』五冊を、あつかましくもいっしょに売ってもらった。

一時、開会。壇上左手に選考委員の方々、右手に、以倉紘平氏、杉山稔氏、嵯峨恵子氏

（H氏賞『化車』について話す）、廿楽順治氏が着席。

先に、第六十二回H氏賞が廿楽順治氏に贈られ、第三十回現代詩人賞贈呈へと移った。選考委員長・原田勇男氏が選考経過を報告。「被災者への思いのある、前向きに生きていく詩」と評した。八木忠栄会長から杉山稔氏に賞が贈呈される。次に以倉紘平氏が『希望』について語った。明解で意を尽した言葉に、式という張り詰めた場であることもあったが、聞いていて体が震えた。この時、舟山逸子さんも感動を受け、関西四季の会発行「季」の杉山平一追悼号で、先にこのスピーチを再録したが、別の読者もあることと本誌（「海鳴り」）でも掲載させてもらった。

受賞のことばは杉山稔さんがのべた。「父は、高校生時代からひとすじに詩を書き、苦労もあったが、詩があったから生きてこられたと話していた。常に楽天的、好奇心旺盛で、終わりよければすべて良しの精神であった」と父の受賞の喜びを伝えた。長身であること、彫りの深い顔立ち、父杉山平一さんに似ているところを重ねて、私は壇上の稔さんを見た。先達詩人の顕彰（尾花仙朔氏・辻井喬氏）の後の父に代わる受賞詩の朗読も、声が良く力強かった。

稔さん、初美さんは帰られたが、私はさらに続く詩祭の「佐藤一美オカリナファンタジー」のはじめて聴くオカリナの生演奏を楽しみ、藤原新也「写真と言葉」の写真映像と講演を、杉山平一詩との接点を探しながら聞いた。懇親会にも出た。岡島弘子さん、思潮社の女性編集者・遠藤みどりさん、大阪から来た山田兼士さんと話した。

宿は普段はビジネスホテルだが、御褒美だと思い、お茶の水の山の上ホテル（ただし新館）にとった。部屋はゆったりとして落ち着き、心地良かった。

六月三日（日）。東京午前六時。目が覚めるままに起き出して、散歩に出る。坂を降り、広い道に出て、九段下へ。初めて靖国神社の巨大な鉄（？）の鳥居をくぐる。天を突く大村益次郎の像。益次郎の頭や肩に、鳩が群れている。村田蔵六には、司馬遼太郎「花神」で馴染がある。沿道には骨董市の緑の幟が立ち並び、売人たちが声をかけ合いながら、店づくりをしている。参拝記念樹五百円の札。田安門から日本武道館へ。森の小道に抜けると、道の真ん中に出て来た猫と正面から目が合った。東京の猫に睨まれた。ベンチに座る二人の男の会話が聞こえた。「二十年ぐらい乗ってないな」。「チャリンコ」。「まだ慣れないで恐いな」。傍に自転車を置いている。九段会館を左に見て、まだ閉っている古書街を通り、水道橋の観覧車を遠望して位置を確かめ、ホテルに戻った。七時十分。

一階のカフェ・レストランで朝食。たまたま見た読売新聞の読書欄左下隅に、山田稔『コーマルタン界隈』の紹介が小さいがカラー写真入りで載っていた。若いウェイトレスに、そのことを話した。「よかったですね」と言ってくれた。彼女も地方から大東京へ出て来ているのであろう、と御上りさんの私は勝手に思う。

九時、チェックアウトに階下に降りるエレベーターに乗ったが、止まって女性が入って来た。私は一瞬一階に着いたのかと思って（おかしいのだが）、外に出たが表示は五階、あわてて戻って、「一階かと思いました」と女性の背中に言い訳をした。

右側斜め前、エレベーターボタン側に立っている女性は和服姿、それもあでやかな振袖である。「今日はなんですか」と私は言ってみた。振り向いた顔は、微笑みながら、「従姉妹の結婚式なんです」と明るく応えた。背もすらっとして、なかなかの美人である。少し唇が厚いが健康そうな若い女。一階で出口を譲ると、彼女は先に出て、チェックアウトをすませると、スタスタと玄関を出てどちらへか消えた。「天女」じゃないかしらん。杉山さんの詩にある「天女」は、すべり台からドサッと落ちて来た女の子なのだが。「きょうは何かよいことが／ありそうだ」。

それから、久し振りの東京散策の思いになって、ニコライ堂、湯島天神、『21世紀のオルフェージャン・コクトオ物語』の著者三木英治さんが裁判所書記官速記部の養成で二年間を過ごした旧岩崎邸まで歩き邸と庭を楽しみ、さらにタクシーで永田圭介さん著の『エッセイストとしての子規』の根岸子規庵まで足をのばし、昼すぎの新幹線で帰阪した。

（「海鳴り」25号・二〇一三年五月）

大島の雨——塔和子

塔和子さんが、二〇一三年八月二十八日午後三時十分、高松市、大島の、国立療養所大島青松園で八十三歳の生涯を閉じた。

その訃報を、新聞社、マスコミに編集工房ノアからFAX送し、「塔和子の会」代表の川﨑正明氏が対応した。

塔さんは、一九二九（昭和四）年八月三十一日、愛媛県東宇和郡（現・西予市）明浜町田之浜で、男三人、女五人の八人きょうだいの三番目（次女）として生まれた。

小学校六年生の時、ハンセン病を発病。

一九四三（昭和十八）年六月二十一日、十三歳で大島青松園に入園。以後七十年を島で生きた。

塔さんは、三十五歳の時、島の教会で受洗していたので、葬儀はキリスト教で行われた。前夜式が二十九日。告別式は三十日午後二時半からで、私は告別式に出た。園内の協和会館が葬儀場となっていた。詩人・塔和子とはいえ、これまでの入園者と同じに行われるという。

祭壇、白い布に包まれた柩には小さな赤の木の十字架が添えられ、手前に微笑んでいる遺影、その左横に『記憶の川で』第二十九回高見順賞受賞の表彰状。一段下には、病室の塔さんを見舞う人たちと写った写真が置かれ、中には吉永小百合さんとのツー・ショットもある。祭壇の背には鯨幕が張られ、左右に十字の印の入った白い円筒の花瓶の白菊の花がかざられている。左側端に「故塔和子姉之柩」と、ひとの背丈の二倍ほどもある大きく墨書された標が立っているのが、異様に目に映った。

会場はそんなに広くはなく、塔さんの葬儀が収まるだろうかと思った。横椅子が縦二列に並べられてあり、後方にパイプ椅子が足された。

そこに、島の教会の信者、療養所の入所者、車椅子で職員の介助で来る人もある、島外から来た、塔さんのきょうだい、詩の読者や関係者が座り、後ろに白衣の医師、看護師、士、職員が立った。さらに高松、大阪などから来た新聞、テレビ放送の記者たちがカメラをかまえた。会場はいっぱいになり、後ろのガラス戸も開け放たれた。
前奏（一同黙禱）の後、讃美歌三一二番「祈禱」が歌われた。

いつくしみ深き　友なるイエスは、
罪とが憂いを　とり去りたもう。
こころの嘆(なげ)きを　包まず述べて、
などかは下さぬ、負える重荷を。

『塔和子全詩集』全三巻には刊行した十九冊の詩集、未刊行詩を含む生涯の全一〇〇〇篇を収録している。その帯文に、

ハンセン病という重い甲羅
多くを背負わなかったら　私はなかった
苦悩よ　私の跳躍台よ

と、詩の言葉をあげた。

塔和子が罪人であるはずはないが、重い甲羅、負える重荷をようやく下ろし、すべて解かれたはずだと思って、私は柩の中の塔さんと最後の別れをした。

柩が、島内の高台にある焼き場に向かう出棺の時、激しく雨が降った。

天気予報でくずれてくるとは言っていたが、島に着いた時はまだもっていて、告別式が始まるころに、ポツポツ降り始めてはいた。

「沛然たる驟雨」。会館の前のゆるやかに傾斜する広場を、雨が揺れ吹き降り、流れていく。

その二か月後、十一月三日。再び大島で、「塔和子さんを偲ぶ会」が開催され、関係者が集まった。

今度の会場は大きな大島会館。主催、塔和子の会。協力、国立療養所大島青松園、大島青松園自治会協和会、大島キリスト教霊交会、愛媛県西予市、ハンセン病問題を考える市民の会。午後一時半から三時半まで行われた。

塔さんを偲ぶ言葉、詩の朗読、映画「風の舞」（塔和子ドキュメンタリー映画・宮崎信恵監督作品）一部上映、歌手・沢知恵による塔和子詩、歌「胸の泉に」他の献歌、塔さん愛唱歌「故郷」斉唱、最後にこれも塔さんが好きだった真っ赤なバラを献花した。

この日集まった多くは島外からの参加者で、高松港からの定期便と別にチャーター船が仕立てられた。

大島は、高松港の東方八キロ、船で二十分弱乗る。

塔さんの「故郷」西予市からは、市長をはじめ塔和子文学碑二基を建立した実行委員長ら二十名が出席。各地からの読者、知人、市民の会などハンセン病問題を考える人々、塔和子の会会員、遺族（きょうだい）、に塔和子の詩を読み学んでいる善通寺東中学校の生徒もたくさん来た。療養所の入所者、職員もまじえ百三十名余の島での偲ぶ会となった。

私も入っている主催した「塔和子の会」メンバーは、前日も準備のため島に来、高松に泊まり、当日は早い定期便で島に渡った。

この日も、激しい通り雨があった。会館の前の広場を打ちつける雨が揺れながら流れていった。

一通り準備も終えて、雨も上がってきたので、ひとり島内を歩いた。

会館の横の道が坂となって高台に続いている。

塔さんが亡くなり、偲ぶ会も今日終わると、もう大島に来ることもないであろう。

坂道に沿って、誰が造り据えたものかといつも思ったのだが、小さな石仏が幾体も並んでいる。

坂道を登ると、左側が海に真向かう見晴らし台の広場となっている。角錐形の納骨堂があり、「南無佛」「鎮魂の碑」と刻まれた石碑が建ち、あずま屋もある。さらに続く小高い広い敷地に、石を円錐に積み上げたモニュメント「風の舞」が二基建っている。入所者の納骨されなかった残りの遺骨や灰が納められたもので、いわば大島の象徴として、宮崎信恵監督・塔和子ドキュメンタリー映画の題名ともされた（詩の朗読・吉永小百合）。ここからは、瀬戸内の海と島が見わたせ、遠く高松の町の灯も見えるのだという。

海側へ坂を下る。木々の間に海が見えるところもある小径、アスファルト道が伸びている。傾斜地に、ところどころ畑が作られている。波板で囲ってあるのもある。畝に菜っ葉が生えている。ビニールをかぶせた畝もある。誰が作っているのか。

誰が、と言えば、坂を上がるところの道脇に、電話ボックスが立っていた。近頃公衆電話も少なくなり、まして電話ボックスなど珍しい。園にも電話はあるだろうし、園からもだいぶ離れて、ポツンとある。

誰が、どこへかけたのか。

＊

枡谷優さんの葬儀は、塔さんを偲ぶ会の少し前、十月十二日午前十一時より行われた。大阪上六に近い、地域の集会所のような小さな会館。所属した同人誌「文学雑誌」もやめていたこともあり、文学関係者は誰も来ていなかった。親族、知人、三十人ほどの葬儀だった。

枡谷さんは、一九二五（大正十四）年、奈良県吉野生まれ。大阪福島の質屋で小僧として働いた時代を題材にした「北大阪線」で第一回小島輝正文学賞を受賞。軍隊は大阪での通信兵、復員後は吉野で山仕事に従事、その後、船場の繊維商社に勤務。独立して主に中近東、北アフリカのフランス語圏の国々相手の貿易業をした。フランス語は独学。靴のひもを作る機械を輸出しているとも聞いた。中近東やモロッコでのスリリングな仕事の旅の話。少女たちが工場に閉じ込められ絨毯を織らさせる話など、いろいろな話を聞いた。

ノアからは『北大阪線』『吉野川』『丙丁童子』『木だし』（詩集）『鳶（とんび）』（続吉野川）の五冊を出版した。

毎日、水泳をし、中津のノアへは天王寺区細工谷の家から自転車（ママチャリ）で四、五十分かけて来て、また帰るのだった。

行年八十九歳。十月にしては夏を思わせるほどの強い日射しが、ガラス戸の外に照っていた。

*

補足すると、塔さんの故郷明浜は、八幡浜と宇和島の間、宇和海に突き出した鼻の内海にある村である。海岸沿いの少ない平地に村が点在し、傾斜地やほとんど崖地にミカン畑が作られている。

この村に塔さんの実家はすでにないが、二〇〇七年に塔和子文学碑が、さらに二〇〇八年に第二文学碑が建立され、式典に塔さんは失った故郷への帰省をはたした。私も二度の式典に出た。

実家の跡地は空き地となり、柿の木が植えられている。村の中の道を登ると、すぐに家並は切れ、墓地となり、井土家の墓がある。

「故郷の村境の小道から／亡命した私の名前」（詩「名前」）をとり戻し、大島の納骨堂とは別に、この三月十七日、分骨納骨された。

本名井土ヤツ子が井土家之墓に刻まれた。納骨式に私は行かなかったが、この日明浜は、快晴、だったそうだ。

（「海鳴り」26号・二〇一四年五月）

大谷さんの『余生返上』

大谷晃一著『余生返上』の帯文。

「私の悲嘆と立ち直りを容赦なく描いて見よう」

徹底した取材追求で、独自の評伝文学を築いた著者が、妻の死、自らの90歳に取材する。生き愛し書く——大谷晃一、情念の『余生返上』。

大谷さんは、東京・沖積舎から、『大谷晃一著作集』全六巻を刊行。その六巻完結をもって、余生とした。が余生を返上することとなった出版『余生返上』の巻末自筆年譜は、著作集六巻目の年譜を引き継いで書いている。そのため、「大谷晃一年譜Ⅶ（「大谷晃一著作集・第六巻」年譜以後)」「余生・その後」としている。その始め。

二〇〇九年(平成二十一年)　満八十五歳

八月一日、「大谷晃一著作集・第六巻」を沖積舎から発行し完結する。

八月二日、余生に入る。文章を書くのを止める。

以後年譜は、大谷さんの余生の生活を記録する。見ていくと、新聞へのコメントが多くある。ベストセラーとなった『大阪学』シリーズの出版から、大阪のことは何でも大谷さんに聞けば良い、というところがあって、事あるごとに意見を求められた。「街頭犯罪、大阪ワースト1暫定返上」「大阪人の数字好み」「橋下大阪府知事の君が代条例」など、なにかと大阪で、橋下政治への批判もある。

編集工房ノアに関係のあるところでは、翌年の項、

二〇一〇年(平成二十二年)　満八十六歳

八月七日、「夕暮れ忌」を開くが欠席。二十五年も続けたので今回で休止するので、副

代表としての「あいさつ文」を書き、代読してもらう。

足立巻一さんが、一九八五（昭和六十）年八月十四日亡くなり、翌年から井上靖氏、司馬遼太郎氏の命名による偲ぶ会「夕暮れ忌」が毎年八月の第一土曜日、神戸で開かれた。代表は杉山平一さん。杉山さんも大谷さんもこの年出席出来なくなり、長年の間で関係者も多く亡くなり、盛時は百名を優に越えていた出席者も、最近では四十名前後となっていた。二十五回も切りの数字かと、「今回で休止」することにしたのだ。

大谷さんの「「夕暮れ忌」休止のあいさつ」文。

足立さんは人一倍世話好きだった。人一倍親切だった。…そのため、みんな親しみを覚え深く慕った。…毎年集まって、足立さんの思い出を語り合おうということになった。それが、何と25年も続くことになった。…

そのうちに亡くなる人も出て来た。病気のために参加できなくなった人も出て来た。私は昨2009年には腰の手術…としも予後の経過悪く、歩行困難のために出ることが出来ない。…どうしても出席者の数が減って来たそうである。そこで、没後25年を迎える今年を最後に、集会は休止しようということになった。残念である。……

しかし、私たちの足立さんへの思いがこれで終わるわけではない。…ひとりひとりの「夕暮れ忌」を開こう。「夕暮れ忌」は終わらない。

最後の会の出席者は、三十四名。講演は、季村敏夫氏の「足立さんと神戸の詩誌」。長男の足立明さんも出席し、挨拶をした。二十五年間の事務局は、ジュンク堂書店の岡充孝さんと私がした。

足立巻一『人の世やちまた』の自筆年譜に目を移す。一九八三（昭和五十八）年、七十歳、の項、

「一月、同人誌「苜蓿」を庄野英二・大谷晃一と創刊し、「評伝竹中郁覚え書き」（のち「詩人竹中郁とその時代」と改題）の連載を始める」とある。

「苜蓿」とは、うまごやし、クローバーのこと、三人の同人誌、庄野さんの命名である。ノアと大谷さん、庄野英二さんとの縁は、足立さんから始まった。

編集工房ノアが大谷晃一さんの最初の著書『表彰の果て』を出版したのは、一九八五年

七月。表題作は、織田作之助の姉・竹中タツのことを書いたもので、大谷さんの代表作『生き愛し書いた―織田作之助伝』とつながっている。収録五作品のうち三作が「苜蓿」に掲載されている。足立さんが亡くなる一か月前である。(足立さんは「カ月」「ケ月」を、ひらがなを使い「何か月」と表記した)。

時を経て、二〇〇〇年九月二十八日、編集工房ノア二十五周年記念会のパーティーで、最初の挨拶を杉山平一さん、最後の挨拶を大谷さんがしてくださった。杉山さんは、「苜蓿」の足立さん亡き後を引き継いだ。ノアで出した杉山さんの最初は『わが敗走』、一九八九(平成元)年九月、足立さん没後、四年。大谷さんは、

「足立さんや、庄野さんに、ノアをつぶしたらいかん、と言われてきたが、どうやらその心配もいらないようである」

としめくくられた。育てられ、守られてきた。

またこの九月二十八日は、創元社の編集者から作家に転じ六十二歳で亡くなった東秀三さんの命日だった。東さんの呼びかけで大谷さんを主座にすえて、作家、マスコミ人が月一回、昼食を共にするその名も「昼の会」が続いた。事務局は、私がした。東さんの名前も、最初は足立さんから聞いた。東さんは創元社時代、大谷さんの『仮面の谷崎潤一郎』

他を編集した。

足立さん亡き後、大谷さんを中心にして、作家と編集者を越えた交情のようなもので包まれたと思う。（チーム大谷といったような）。

周辺で亡くなった作家、知人の、訃報、履歴を新聞社、マスコミに送ることを、役目としたこともその一つである。事歴を正しく伝えたい思いがあった。

その中に、東さんの訃報も入ってしまった。

東さんの最期の病室で、私は大谷さんと顔を合わせた。大谷さんは東さんの見舞いに来たのだった。

大谷さんの追悼文「早過ぎるよ」（「文学雑誌」）。

「三時六分に息を引き取ったという。一時間遅れた。ベッドのそばに立ち、東さんと対顔した。…体を拭くために看護婦さんが来た。私たちは病室を出て、待合室に行く。各新聞社に報ずる訃報を膝の上で書き、涸沢さんに託した」

東さんを良く知る大谷さんの元新聞記者本職の訃報文であった。

『余生返上』の年譜に戻る。

二〇一一年（平成二十三年）　満八十七歳
七月十七日、七三子、救急車で市立伊丹病院へ緊急入院する。誤嚥性肺炎と診断される。
とあり、この後、九月十二日付の、私への葉書。

ご無沙汰、左記に転居しました。家内が肺炎で緊急入院し、無事退院しましたが家事ができなくなったためです。介護有料老人ホームです。私は腰痛変らずですが、二人とも元気でやっています。お知らせまで。

と、大きな字、七行で全面に書かれ、左隅に、老人ホームの住所判が押されている。奥さんの七三子さんと共に、二人部屋に入られたのだ。年譜翌年。
二〇一二年（平成二十四年）　満八十八歳
七月七日、七三子、午後四時四十五分、呼吸不全で市立伊丹病院で死す。八十七歳。八

日、通夜。九日、葬儀。いずれも晃一が喪主の挨拶をする。

次の行。

七月十一日、余生を返上し、文章を再び書き始める。

余生を返上する。「余生返上」と題された文章の中のこのところ。

…涙がわいて来る。どうしようもない。…

これではいかん、と思った。何んとかせんならん。こういう余生をこれから送って死んでしまうのか。

ふと、部屋の隅のパソコンの前に坐った。七三子が死んで四日目だった。(略)

よし、小説を書こう。そんな思いが突き上げて来た。余生を止めよう。返上しよう。

…力がわいて来た。

しかし、「はたと手が止まった。私は事実を取材して小説というか、文学にするという意図を持ってやって来た。…その取材が出来ない」。

ベッドに入って、しばらく考えた。そうだ、と起き上がる。自分に取材しよう。これは出来る。

と、自らに取材した評伝を書きおこす。

『余生返上』には、「余生返上」ほか、父母の生涯で家系をたどったもの（「夫婦の来歴」）、朝日新聞勤務はじまりの四年間の福井支局時代を書いたもの（「青春、特ダネ賛歌」）、関西学院の学生時代、織田作之助を訪ねその生活と文学にふれる話（「ほんまの織田作之助」）などの他、短篇を書き継ぎ、最近の生活エッセイも加えている。

その中で、大谷さんと帝塚山のことが、軌跡の円環とも思える。

大谷さんは、和歌山県出身の祖父が、大阪玉造で興し成功した洋反物店の商家に生まれた。この祖父が帝塚山に別宅を設け、母と四人の子が移り住んだ。長男で家業を継ぐべく「私が商売を習う学校へ進むのを」一家は期待し、友達は高津中学に入るのに、独り天王寺商業に入る。定められていたのである。卒業後は、実際玉造の店に立った。が商売になじめず「帝塚山の母の元へ帰った」。母は怒るだろうと思ったが、意外にも、「そうか、ほんなら、上の学校へ行くか」と言う。「何故、あんなに商売好きの母が変わったのか」。帝塚山の環境が母を変えた。すぐ前に帝塚山学院があり、「創立した時の庄野貞一先生はえらい人やったらし」と話すようになっていた。「母は教育というものを知った」のだ。関西学院に入学。家も転居。七年の帝塚山生活だったが「私が大学へ進んで今日までやってこられたのは、帝塚山のおかげなのだった」。

後に、庄野貞一先生の子息で、長い間学長をした庄野英二氏を知り、朝日新聞を五十五歳で定年退職すると、招かれて帝塚山学院文学部の教授に就いた。ついには庄野英二さんと同じに、学長にまでになり、帝塚山学院の転換期を在野の大阪人の決断実行とバランス感覚で乗り切った。

それと、織田作之助とのこと。学生時代に「ほんまの織田作之助」に会っていた。

さあ、文学者の伝記を書こうと考えたのは、私の四十五歳の年である。朝日新聞大阪本社の編集委員だった。真っ先に織田さんをやり出した。（略）題は『生き愛し書いた——織田作之助伝』とした。「生き、愛し、書いた」はスタンダールの信条——そして僕の、と織田さんが自らの手紙に書いた字句である。織田さんの生涯を言い尽くしている。私もそんな生涯を送りたい、と思ったのである。デカダンスを除いて。

（「ほんまの織田作之助」）

その言葉通り、デカダンスを除いて、意志を貫いた。『生き愛し書いた』は、「近親、友人ら二百四十一人からとった聞書によって、この伝記を編んだ」（「あとがき」）。新聞記者としての取材力、「あくまでも厳しく、真実をつづらねばならない」（同）、徹底した態度で、独自の評伝文学を築いた。

ある日いつだったか、大谷さんから「一冊の本の原稿は何枚あったらええんや」という電話があった。数多くの本を出して来た大谷さんがそれを知らないはずはない。余生返上後の執筆を最後の本にしたいという宣言であった。

二〇一三（平成二十五）年五月七日付の葉書。

「五月三日に目標の四百字詰で三百枚に到達しました。本に入れられない作もあります。十二月か一月に出すとして、いつ渡したらよろしいか」

宣言から数か月か。「余生を返上し」てからでも、十か月である。

原稿は、八月初めに届いた。「またまたお世話になり、有難うございます。私には最後の本になりますので、どうぞいい本をつくって下さい」の手紙が付いていた。私は早速に全篇を読み、感想を含め、細かい文章の表記に関して確認する速達便を、五日に出した。

良い本に、という思いから、装幀カバーには、庄野英二さんの「火の島の火の鳥」の絵を使った。赤い空をバックに、赤い火の鳥が三羽立っている。胸は厚く足も太くたくましい、正面をにらみすえるもの、天をあおぐもの、横を向いて目を閉じるもの、三羽三様の姿である。私は「苜蓿」の三人を重ねた。それぞれの文学を見すえる情熱の鳥である。カバー装であるが表紙は布クロス（焦茶色）張りとし、庄野さんのレモンの絵のラインを、金の箔押しにし、扉には、これも庄野さんの船のマストの絵を配した。余生返上の航海に出帆する。

『余生返上』の出版のこととは別に、以前にもあったが、また今度改めて、大谷さんから電話による打診があった。自身の訃報を私に、新聞社に流してくれ、そのことを書き残しておいても良いか、という。死に控えた言葉にどう答えてよいのか胸が詰まったが、東さんの時代から続いた私の役目と思い引き受けた。訃報のことなど些細なことである。大谷さんはなにかを伝えてくれたのではないか。

実は、『余生返上』の最後には、大谷さんが自分で書いた、「大谷晃一」の訃報記事が載っている。

新聞の一行たて十二字詰めでととのえられている。

大谷晃一（おおたに・こういち）さん＝7日、脳梗塞で死去。１９２３年、大阪市生まれ、92歳。帝塚山学院大学名誉教授。作家、大阪学研究。通夜・９日午後7時、葬儀・10日午後1時、いずれも伊丹市平安祭典会館（阪急伊丹下車、タクシーやバスで）。喪主・長男大谷文章（ふみあき）さん。

元帝塚山学院大学学長、元朝日新聞編集委員、元伊丹市教育委員長、元伊丹市文化振興財団理事長。著書・大谷晃一著作集（全6巻）、関西名作の風土　正・続（日本エッセイスト・クラブ賞受賞）、生き愛し書いた・織田作之助、評伝梶井基次郎、鷗外、屈辱に死す、楠木正成、仮面の谷崎潤一郎、大阪学（ベストセラーとなり、大阪学ブーム興る）ほか計58冊。これらにより大阪芸術賞などを受ける。毎日テレビ「ちちんぷいぷい」にコメンテーターで不定期に出演する。（これは大谷さんが生前に自ら書いた予定原稿である）

（ ）内も本人。自伝を書き、自身で訃報記事まで書いて、一生を完結した。

先に示した年譜の最後の一行。

二〇一四年（平成二十六年）　満九十歳

一月十日、創作集「余生返上」を編集工房ノアから刊行する。

一月十日は、織田作之助の命日である。奥付発行日はこの日とした。大谷さんが強くこだわった。

帯文の最後の行に戻る。

「生き愛し書く――大谷晃一、情念の『余生返上』。」

出版から五か月後、五月二十五日、長男・文章氏から電話があり、午後一時二十分、亡くなられたことを知らされた。マスコミへの訃報を私に、というメモがあった、と言う。

葬儀は、通夜が二十七日（火）午後七時より、告別式が二十八日午前十時三十分より。

「いずれも伊丹市平安祭典会館」。

葬儀の挨拶で、文章氏が、「なにもかも葬儀場選びまで父が決めてくれていました」と語った。導師が来歴を述べる中で、人柄にまでふれたのが印象的であった。

もう一度。

『生き愛し書いた——大谷晃一』

（「海鳴り」27号・二〇一五年六月）

鶴見さんが居た

鶴見俊輔さんが、二〇〇〇（平成十二）年九月二十八日、大阪梅田・新阪急ホテル、花の間、壇上に居た。

この日、行われた編集工房ノア創業二十五周年記念会に、発起人の一人として、出席してくださったのである。

会は、ジュンク堂書店・岡充孝さんの記念会へ誘う落語「二人づれ」で始まった。

司会は、大塚滋さん。

最初に杉山平一さんが、発起人を代表して挨拶。

次に鶴見さん。

会のスピーチの録音テープを、十六年振りに、はじめて聞く。鶴見さんの蘇る声。そのままに書き起こす。

涸沢さん、小西さん、おめでとうございます。

いや、今、杉山さんの次……、つまり杉山さんの次に、私は年寄りだ、老人だってことなんですねえ。

いや、びっくりしてますよ。

いやあ、ほんと。いや、そう(笑いながら)、うん。

今朝、私は、字引でちゃんと調べて来たんですけれど、私より九つ上なんですね。うん、だけど二番目であることは確かです。

私の次は、島さん。あははあ。で、

天野忠詩集。それから天野忠の散文集。それを次々に出した出版社、を、思い浮かべると、目鼻立ちがはっきりしているんですね。

千も、千以上もある出版社の中で、ノア編集工房は、目鼻立ちがはっきりしている。

そういうことを感じますねえ。

で、なんか、十九世紀のような本を出すなあ、という感じもあるんですよ。

で、二十一世紀よりも、十九世紀の方が遅れている考えを、私は持ちません。

で、どういうふうにと言われると、困ります。

で、私は思いがけなく長生きをして、考えてみると、私が同級生だった人、だいたい同年なんですが、ほとんど同業者、死んでいるんですね。

で、自分の中に、自分がその頃まだ生きていなかった、十九世紀、十八世紀、がこぼれ落ちて入って来ている、という感じがするんですよ。

そして、そこに、未来があると思うんです。

ときっぱりと結ばれ、さっと壇を下りた。

小西さんというのは、妻敬子のことである。夫妻とせずに言われた。

杉山さん、八十六歳（大正三年生）。鶴見さん、七十八歳（大正十一年）。後のスピーチに立つ島京子さんは、大正十五年生まれである。

鶴見さんは会場で、ノアで出版した二冊の著書『家の中の広場』（一九八二）、『再読』（一九八九）のサインにも気軽に応じてくださった。

小西さんは、鶴見さんは立食パーティーの食事を、好奇心旺盛で何でも食べておられた、と言った。

鶴見さんは、この日のことを「京都新聞」「現代のことば」に、「ノアのあつまり」として書いた（十月十七日掲載）。

杉山平一さんの挨拶についてふれている。

杉山平一氏は、杖（つえ）もたずに演壇にあがって、簡潔な演説をした。

ノア編集工房の雑誌の題は「海鳴り」という。潮騒は波のたわむれであるが、海鳴りはそれとちがう。沖の向こうで大きな波があり、それが風とあたって、どーんという大きな音となる。遠くきこえる音である。ノアの編集長は、今日明日の批評にこだわらず、時代の方向に耳をかたむけているという。そのとらえ方が印象ぶかかった。

抜け抜けと書き写しているわけだが、先に杉山さんの録音スピーチを聞いて、良くわかるのは鶴見さんのそのことを書いている正確さである。簡潔は鶴見さん自身でもあった。

杉山さんが九つ上は「八歳年長」と改めている。

この日のことであったと思う。

会場での立ち話で、鶴見さんは、私に、

「ノアから三冊目の本、『為残した仕事』を出して、……」、一生を終える。と言い、鶴見さんの特異の表情、目をかっと開いて輝かせ、「あははは」と笑った。

私は応えながら、『為残した仕事』という出版とは何か、鶴見さんの笑い声にあるように、なぞかけのように思った。そもそも「為残した仕事」というからには、書かれなかったものであり、出版とはならないのではないか。鶴見さんが為そうとして為し得なかったことの一つ一つが何だったかを書く本なのか。それも妙である。

その後も、鶴見さんの著書は次々、何冊も出た。

私は忘れたわけではなかったが、『為残した仕事』とは、あくまで架空の、鶴見さんのその場の笑いのサービスだったのだと、納めた。

ノアでは、「神戸新聞」と「京都新聞」を取っている。大阪北区の地方紙を扱う販売所から日刊が前日の夕刊といっしょに配達される。

二十五周年記念会から十年経った、二〇一〇年十月二十七日、「京都新聞」夕刊、コラム「現代のことば」の、鶴見さん執筆の「象の消えた動物園」を読んだ。つまり、二十八日の朝、読んだ。

読みながら湧きあがってくる思いを押えることができなかった。

小説には、じわじわきいてくるものがある。

村上春樹の短編「象の消滅（象の消えた日）」は、読んだとき、なんのことかよくわからなかった。

数カ月、自分の中に、読後感が残って、自分が生きているこの日本だ、と思うようになった。

そこに「朝日新聞」天声人語で大東亜戦争直前の米内光政海軍大将の言葉に出会った。

「いわゆるジリ貧を避けようとしてドカ貧にならぬよう、ご注意願いたい」

と始まる。以下全文。（抄出はむずかしい）

おなじ日、テレビで、菅首相の記者会見と、新閣僚についての街頭感想を見た。ぱっとしない、というのがそれぞれの意見。それは東京だけでなく、福岡、仙台、北海道もおなじく。

このとき、私には、消えた象が餌の世話係と共に帰ってきた。実物としてではなく、動物園のからっぽの部屋として。

次の行。

日本国民は目先のニュースに心を占領されて、同時代の大きな事件である大東亜戦争がすっぽり抜けている。動物園から象の消えた日である。飼育係と共に。

私は村上春樹の『象の消滅』（二〇〇五・新潮社）を読んでなく、鶴見さんの文意が全てわかったわけではないが、日本人が忘れた「動物園から象の消えた日」が、強く心に響いた。さらに、

この戦争を負け戦としてまっすぐに受けとめてゆるがず、その姿勢を戦後世代に伝え

た人、つまり飼育係を二人挙げる。
大岡昇平。彼は補充兵として教育召集され、そのままフィリピンの戦場に送られた。敵と出会って殺さず、マラリアを病んで倒れ、捕虜となった。生きて帰って『俘虜記』など、一連の戦記を書いた。戦争の始めから終わりまで、この戦争が無謀なもの、負けに終わるものとわかっており、ただひとつ彼がつけ加えたことは、現地の人から見たこの戦争の姿だった。

もう一人は。

もうひとりは本多立太郎。彼は戦後、一九六〇年にすでに金融機関の役員になっていた。安保改定に反対だが、労働組合のデモには誘われず、国会周辺までひとりで来て、市民運動「だれでも入れる声なき声の会」の列に入り、その後、九十歳を超えて没するまで、この会の行事に加わった。さらに、戦争の回顧を、どこにでも招かれるままに出かけて語り続け、中国に渡って、彼が軍の命令のままに中国人捕虜を刺殺したことを、中国民衆に向かって明らかにし、あやまった。

大岡、本多の二人の日本人は、補欠として召集され、その戦争体験を完了した。「補欠として」の着目は鶴見流であろう。

象が消えた動物園として、日本の同時代は残っている。このままの姿で、この動物園は残るのか。もはや戦争体験を持たない次の世代から補欠（論文による命名）として認定を受けたまま、私は残りの人生を生きる。同時代の日本人は、なぜ、一九三一年から四十五年にわたるあの大きな事件を不問に付したまま、目の前の出来事に心を奪われるのか。そしてそのゆえに、同時代の中国人、韓国人、ドイツ人、その他の欧米人から信頼できない国民と見られている。日本人は、そのことを考えることなく、未来に向かっている。

読み終えて、いや読みながら、これが『為残した仕事』ではないか、と思った。鶴見さんが為残した仕事というのではなく、広く日本人が「あの大きな事件を不問に付したまま」いるということが為残していることではないか。

という思いが高じてきて、抑えられなくなり、半分おどしのような短い手紙を、鶴見さんに書いた。

「象の消えた動物園」を拝読。思い噴出いたしました。『象の消えた動物園』という書名の本を出させてください。もうお忘れかもしれませんが、以前、当社から、『為残した仕事』という本を最後に出させてあげよう、というお話しを笑いながらされました。

為残した仕事とは？　アイロニーかと思いましたが…。

「象の消えた動物園」が、まさに為残した仕事ではないのか。鶴見さんが為残したというわけではなく…。日本人が為残した仕事『象の消えた動物園』と思いました。

私は読んですぐ書いたことを示すために、二十八日に、「午前十一時」とまで添えている。

鶴見さんから折り返すように、二十九日記、三十日消印の葉書が届いた。

おどろきました。

御好意をすなおにうけたいと思います。

だがつりあいのとれる文章を見つけることができるかになやみます。


大成功。おどしが効いたのである。

私はまた、すぐに十一月一日記で手紙を出した。

鶴見さんには、これまでの二冊の著書のみならず、ノア発行の数々の本に、帯文を書いてもらっている、この際収載し、編集工房ノアにおける鶴見さんとのかかわりの集成に出来れば、と思った。内I章を、「ノアの世界」にとおねだりした。


当社出版物にお書きいただいた、帯文『夜がらすの記・川崎彰彦』『かく逢った・永瀬清子』『そよかぜの中・天野忠』『島の四季・志樹逸馬』『富士さんの置土産・古賀光』、別に、「彼・黒瀬勝巳」「『私の敵が見えてきた・多田遙子』書評」など、ノアの一生として収録させていただければ、とも思っています。

ふりかえって、たくさんのことを抱えている鶴見さんに、あつかましくもたのんだものだと思うが、鶴見さんは、応えてくださったのである。

日を置いて、奥さんの横山貞子さんが、ワープロ入力された、収録作品のリスト一覧が送られて来た。

全部の原稿が送られて来たのは、翌年二月二十五日。

章はVI章に及んだ。サブタイトルは、「同時代批評」頁数は四〇〇頁弱。内容の確認をしながら校正を重ねた。収録に関する許諾が必要と思われるものは取った。初出が不明なものは、関係者にあたった。鶴見さんが、著作、著述整理など「最近はすべて黒川創さんにまかせてある」と言われている黒川さんが、本書の校正まで見てくださった。

装幀は、鶴見さん所蔵の須田剋太さんの絵を使うことになり、京都岩倉の自宅に、うかがうこととなった。

道順、交通がくわしく、貞子さんからFAXされて来た。自宅に行くのは二度目。最初『家の中の広場』出版の時、発案者であった友人の小笠原信に連れられるかたちで行った。小笠原は、「家の会」「思想の科学の会」会員で、鶴見さんの弟子と称している。タクシーで通る時、石の鳥居をくぐったのを覚えている。三十余年前のこと。

五月六日（金）、午後三時、鶴見さん宅訪問。

タクシーは、おおよその所番地で降りた。探す気で歩き出したところ、家の前の道を掃いている婦人がいる。横山貞子さんだった。さりげなく表を掃きながら、待っていてくださったのだ。

玄関の間のフロアは、もっと広いと思っていたが。右側の畳み敷きに、応接セットが置かれた部屋に案内された。ソファーではなく、低目の椅子とテーブルが置かれていた。庭を背に、鶴見さんが腰かけていた。全面のガラス戸で庭がよく見える。新緑の木々のいろいろな緑。中に赤い花があるのは椿か。左は広い板の間で、覚えがある。待っておられたのだ。

対面すると、前置きもなく、開口一番のように「山田さんが書いた、飯沼さんが面白いね」と、目をかがやかせた。

昨年十月ノアから出版した山田稔さんの『マビヨン通りの店』の中の、「一徹の人―飯沼二郎さんのこと」である。

この日の私の手帳のメモ書き。

永瀬（清子）さんの友人（深井松枝）が、友を呼びとめようとした時、夫が彼女を引き戻してピシャリと戸をしめたことから、夫との離婚を決める女性の立派さ。（「ひろびろとした視野―永瀬清子」『象の消えた動物園』収録）

須田剋太さんの話。雑誌「朝鮮人」の発行で、須田さんは毎号無料で表紙画を提供してくれた。無欲の人だった。須田さんの抽象画時代、長谷川（？）氏の影響、須田さんの抽象画だけの美術館がある。

司馬（遼太郎）さんとのコンビの良さ。司馬さんが須田さんのことを好きだった。

足立（巻一）さんの誠実さ。阪急電車の中で、足立さんから福田定一（司馬）さんを、桂あたりで、紹介された。

杉山平一さんの書いたものは「四季」の時代から読み続けている。妹の年下の学生との恋（「恋する人」）を書いたのがすぐれている。ひとすじの杉山さん。

次々、切れ目なく、話をされた。港野喜代子さんのことも話した。すべて私に関連する話だった。

「無欲の人は、鶴見さんではないですか」と私は思いながら聞いた。

加えて思い出すこと。二冊目の本、『再読』を出した時、やまばな「平八茶屋」へ招待された。朝日新聞の担当記者を通じて、懐石か牡丹鍋かと聞かれたので、一つ鍋をつつく方を選んだ。鶴見さんとの二人だけの時間で、何を聞き話すか、無学ゆえ、いたたまれなくもあったが、どうしようもなかった。それに鶴見さんは酒も飲まない。すすめられるままに、私一人、飲んだ。恥の上塗りのようなことであったが、かけがえのない時間であった。

最後に打ち合わせをして、借用する須田さんの額入りの絵を、奥さんが包装、ひもをかけ、手さげも付けてくれた。

久しぶりに鶴見さんに会い、鶴見さんも年をとられたなあという思いがあったためか、私は絵を持つのを忘れて玄関へ出た。その後から、鶴見さんが絵をさげてきて、手渡された。

『象の消えた動物園』は、七月十六日（土）出来上がったが、奥付発行日は八月十五日とした。

帯文。「私の目標は、平和をめざして、もうろくするということです。もっとひろく、しなやかに、多元に開く。2005〜2011最新時代批評集成。」


その秋、東京神田の東京堂書店から、ノアの本のブックフェアをしたいと依頼があった。その内、サイン本も出したい、とあったので、鶴見さんにサインをしていただけるかどうか、手紙を書いた。十月二十九日（土）。

翌週火曜日、十一月一日、横山貞子さんから電話があった。鶴見さんから電話があることは珍しい。貞子さんが話されたこと。

「鶴見（さん）が、先週金曜日、脳梗塞を起こし、入院していて字が書けない。サインが不可能。手元の様子がおかしく、言葉がしゃべれないので近くの病院に行き、少し前にMRIをとった療養センターへ来て、今はICUに入っている。公表すべきかどうか。涸沢さんはいろんなケースを知っていると思うので…」

と言われた。私にまともな世間智があるわけではない。わからないままに、今すぐ公表する必要はないと思う。公表するにしても、容態が落ち着き、はっきりしてからでいいのではないでしょうか。と答えた。

それから三年と八か月。

鶴見俊輔さんは、二〇一五年七月二十日午後十時五十六分に、亡くなられた。九十三歳。

実は亡くなられたその日の12―18消印の鶴見俊輔さんからの葉書が届いている。大正池から穂高連峰を望む写真葉書。御中元に贈った桃の礼状。

「…たのしみに頂戴いたします。山田稔さんの『天野さんの傘』*を拝読。松尾尊兊さんの御様子が活きいきと書かれていて、うれしく読みました。」 *二〇一五年七月発行

字は鶴見さんのものではない。「代」と書き添えられている。

ただ、最後の日に投函されたのには違いない。

『象の消えた動物園』は、間違いなく、最期の『為残した仕事』であった。

『為残した仕事』とは、為得なかった残された仕事ではなく、為て残した仕事、完結(完了)の仕事であったのだ。

(「海鳴り」28号・二〇一六年六月)

伊勢田さんの家

伊勢田史郎さんが、二〇一五（平成二十七）年七月二十日、亡くなられた。八十六歳だった。（鶴見俊輔さんと同日）

一人住まいであった伊勢田さんの家は、借家で、八月いっぱいで、明け渡さないといけないことを聞かされ、蔵書の整理のために、関係する者が、伊勢田邸に入ることになった。

伊勢田さんの家は、神戸市兵庫区湊川町五―五―二、にあった。

ＪＲ神戸駅、海側はハーバーランド、山側にあるバスターミナルからバスに乗り、山手の熊野橋で下り、湊川を越えて西側の角に寺のある坂道を上る。通りから右に入る二軒目の家だった。家の前に庭はなく、そのまま路地に接しており、鉢植えの草木が表口いっぱいに並んでいた。

伊勢田さんから受けた清潔感からは意外に思ったが、伊勢田さんが山登りに親しんだことと関係があるようだ。

「帰宅すれば、玄関脇の鉢植え、紅・白・薄桃いろのサツキツツジが満開である」と書いている。山から移し植えたものもあったかもしれない。

家は二階建てで、隣家とほとんど間隔がなく、決して大きな家ではない。同じような造りの家が並んでいる。

玄関も靴脱ぎ程で広くない。目の前に階段がある。上がり口にも、二階への階段の段の上にも本や雑誌が高く積まれている。

玄関を上がって左側が和室、その続きに和室より広いフローリングの居間があった。幅のあるテーブルが椅子と共に置かれ、壁面にはガラス戸付きの本棚が、食器棚と共に並んでいる。右側には流しがあった。広いテーブルは執筆にも使われたようである。居間の奥は、どうなっていたか。居間を抜けた左側に、風呂と、トイレがあった。トイレはウォッシュレットではなかった。風呂も旧いようで、水回りを新しくしている様子はなかった。借家のためであろう。

居間のテーブルスペースと台所を除いて、すべての部屋が本に埋もれていた。玄関横の部屋には本棚もあって、伊勢田さん自身の著書も並んでいたが、大方は寄贈された本と思える。多いのは詩集、歴史関係のものもある。詩誌、雑誌が、たたみの上に、何列も積まれ、小山のようになっていた。居間の立派なガラス戸付きの本棚には古典や歴史書の全集、いわゆる伊勢田さんの蔵書が収められているが、床に積み上げられているのは、ほとんどが自費出版の贈呈本であった。

元はどのようになっていたのか。すでに娘さんの知り合いの古書店が入る日がきまっていて、かためられているのであろう。子供は姉と弟。

私たちの整理とは、その本の山から、残すべきものを、選び出す、発掘作業であった。私たちが残さなければならないと考えたのは、伊勢田さんの著作、著書は、関係者はそれぞれ持っているので、伊勢田さんが長年かかわった同人雑誌、商業雑誌への連載など、発表誌の類であった。

伊勢田さんが勤めた大阪ガスの後輩で山登りの会の仲間であった江田房子さんが、伊勢田さんにまかされて、リストを作ったりもしたが、中断したままであったと言った。

伊勢田宅に整理に入ったのは、先頭に立った、元朝日新聞社で親交のあった石津定雄さん、芸術文化団体「半どんの会」代表を伊勢田さんから受け継いだ鈴木漠さん、同じく「半どんの会」事務局長で、伊勢田さんからエッセイ教室をまかされた野元正さん、詩誌「輪」の旧同人で、伊勢田さんと共に、児童詩教室の講師をした渡辺信雄さん、前記の江田さんと私の、六名であった。

八月八日、まだ充分に明るい午後五時に待ち合わせ、伊勢田宅に入った。この日は、まず内がどのようになっているのか見るために集まった。

階下の部屋を見た後、階段の片側の段ごとに本や雑誌が積まれているのを上がる。

二階は、表側に和室、裏側に洋室、階段を上ったところにある中の間の、三室があった。洋間は、机、三方の壁面に本棚が置かれ、元々はこの部屋が書斎であったようだ。今は乱雑で使われていたようには思えない。

震災後の電話で、家は半壊（伊勢田さん年譜では全壊）で、屋根にはビニールシートがかけられた状態で、雨風が吹き込み、本がたくさんだめになった、と話された。様子では、二階で寝起きされているようだ。表側の和室で寝て、洋室で執筆されていたようだ。

汚れ損なわれた書籍・雑誌は多く、初期の貴重なものもあったはずだが、若い友人の手助けで、処分したと聞いた。それから二十年。

二階のどの部屋にも、本棚はもちろん、床にまで雑然と本が積み上げられていた。家の中全体が表現は悪いが本の寄せ場の態であった。

この日は、一階の整理を少ししただけで退き上げて、作業は改めて、息子の晋（すすむ）さんの盆休みに、立ち合いの元にすることになった。

八月十三日。午前中から作業に入った。私は集合時間の少し前に着いたが、三人はそれよりも早く、すでに作業を始める体勢であった。今日一日の作業にかかっていた。

それぞれ、取り付く場所を決めて、集中した。

本の山から、選び取り出したのは、伊勢田さんの詩集、著書。これらは、複数冊出て来た。多いものは、三、四十冊あるものもあった。第一詩集『エリヤ抄』（一九五二年）、第二詩集『幻影とともに』（一九五九年）も出て来た。数のあるものは、十月十二日に予定されている、「伊勢田史郎さんお別れ会」で配ることにした。

詩誌、雑誌では、「MENU」（一九五〇年創刊）、「クラルテ」、「蜘蛛」（一九六〇年十二月創刊）、長年の「輪」のバックナンバー、連載した「大阪手帖」、「階段」等々。但し、「MENU」「クラルテ」など、すべての号が揃っているわけではなかった。

活動の中心となった「輪」（一九五五年五月創刊）も、大方はあったが欠号もある。あるだけ二セット揃えて、一セットは野元さんの働きかけで、兵庫県立図書館に「階段」全号と共に収めることとなった。

欠号には、震災被害もあったかもしれない。

午後、打ち合わせていた編集工房ノアの車が、到着した。

伊勢田さんの発表・執筆のある、詩誌、雑誌を編集工房ノアが管理することとなった。

単行本未収録のものを整理、編集し、遺稿集を出したいという思いがあった。

実は、伊勢田さんの生前、中途まで進んでいたものがあったのである。

伊勢田さんが、朝日新聞、石津さんの担当で、一九八九年五月九日から六月十八日まで三十一回連載した「またで散りゆく――岩本栄之助と中央公会堂」を、出版することを決め初校を上げた。が「またで散りゆく」だけでは、八十頁弱にしかならず、他に何を合わせるか、伊勢田さんとあれこれ相談したが、そのままとなって日が過ぎたのである。

ノアに運び込んだものの全てに目を通した。

「その秋を　またで散りゆく　紅葉かな」

岩本栄之助の辞世の句である。北浜の風雲児といわれた株仲買人、岩本栄之助は、儲けた金を公共のために使いたいと、私財百万円を寄付。中之島に中央公会堂が出来ることとなった。

栄之助は浩洲あるいは耕舟と号して、よく俳句をものした。読書家でもあった。「学問せなあかんで」と、私費を投じて塾（夜学・北浜実践学会）をつくった。「栄之助は大阪の文化、ひいては関西の文化の発展を強く願っていたという」町人文化の町・大阪の気脈を受け継ぐ、気概の商人（あきんど）であった。

が、株売買の失敗で、ピストル自殺をはかり、大正五（一九一六）年十月二十七日、三十九歳で死んだ。

『またで散りゆく』は、その一代記であるところから、船場商人、大阪船場ものを加えることが出来ればと思った。伊勢田さんには、船場の地と商人、文化を書いた『船場物語』（一九八二年）があるが、この中から適当なものを抜くことも出来ない。別の『丁稚あがり道一筋――加藤徳三傳』では、一人の船場商人の出世物語を書いているが、これは一冊にまとまったもので、動かせない。

私は、あれこれ考え、伊勢田さんの一生そのものを加えるのが良いのではないかと思った。

残された自伝的なエッセイを集めて、一生を描く、伊勢田さんが書いた岩本栄之助の一生と、伊勢田史郎の一生を一冊にするのだ。

エッセイの、最初には「母の力」を載せた。母への思いを書いている。「まだ学齢に満たぬ頃、ポプラ並木の広い通りを、私は母につれられて、よく教会にかよった」

「病院の坂道」は、妻を亡くした話。

「事後の処理に二度、病院に出かけた。二度とも風雨の強い日であった。…その崖の草叢で白い猫が雨にしょぼたれて「にゃあにゃあ」と鳴いていた。白い毛並みが灰色に汚れていた。そして、白い雨脚が断続的に病院の坂道を駆け抜けて行くのだった。激しいものが流れていて、道は河に変わっていた」

小学校時代、悪童三人組で空気銃で鶫(つぐみ)を打ち落とし、ヤキトリにして食べた話(「とおい霧笛」)、神戸大空襲、敗戦、詩人たちとの出会い、詩誌への参加、詩集出版、数々の登山行。その中で、亡くした友人や、恋人を思う文章など……、浮かび上がる。

続けて最後章は、伊勢田さんが、一九六八年四月、これまでの大阪ガス神戸勤務から大阪本社に転勤となり、船場との縁が出来る。社内誌「ガス灯」に「船場物語」を連載するようになる。船場関係の講演録「船場に生きた人々」（講演なので、伊勢田さんの船場がわかりやすくまとめられている）と、最後に「橋上納涼―大阪八百八橋と水路」を収めた。小西来山の句からはじめている。伊勢田さんは、反骨の人情の俳人・来山のことを、ちゃんと書きたいと言っていた。これは大阪ガスエネルギー文化研究所発行「ＣＥＬ」に書いたもの。伊勢田さんは大阪ガス総務部次長までになり定年を経た後、同所顧問として七十歳まで務めた。最後の二篇で「船場」にもどりはさむ構成となる。

巻末には「年譜」をつけた。写真頁を七頁設けた。詩誌同人仲間とのもの。結婚。家族、子や孫たちと、詩集賞の選考委員、エッセイ教室の仲間、山仲間とのもの、歴史散歩の講師を長年したものなど、公私を混ぜた。

「年譜」は、二〇〇七年一月発行の『伊勢田史郎詩集（新・日本現代詩文庫46・土曜美術社出版販売刊）に付けられている自筆年譜（七十七歳まで）を基本に、石津定雄さんがまとめた「伊勢田史郎　出会いと人と」を参考にしながら、長年の「輪」の他、関係詩誌、出版物から事実・史実を拾い出した。

伊勢田さん自身が文章の中で書いていることも、当たるところに入れふくらませた。

渡辺さんや、鈴木さん、神戸の詩誌にくわしい季村敏夫さんに問い合わせることもあり、安水稔和さんの日録抄から、了解を得て伊勢田さんを拾い出しもした。伊勢田さんが関係した詩集賞の事務局に、年月を確かめた。

手元の資料による速成で、不充分ではあると思いながら、伊勢田さんの一生が浮かび上がってくる思いがあった。

『また散りゆく——岩本栄之助と中央公会堂』は、二〇一六年十月一日発行成った。帯文。

「公共のために尽くしたい。公会堂建設に、私財百万円を寄付。北浜の風雲児岩本栄之助、ピストル自殺する劇的な40年(39年と七か月)の生涯と、人のありかたを求め書いた伊勢田史郎の一生。」

岩本栄之助の「公共の思い」を書いたのは伊勢田史郎であった。

伊勢田さんは単なる詩人ではなかった。児童詩教室では子供たちと共に詩を書いた。エッセイ教室では受講者を仲間として接した。伊勢田さんは博識で、歴史散歩の講師も長年務めた。

阪神・淡路大震災では、いち早く、アートエイド神戸を立ち上げ実行委員長となり、被災した芸術家の救援、活動支援にあたった。

詩集『阪神淡路大震災』、「被災地に居住する詩人と被災地につながる地縁、人縁」の詩のアンソロジーを、三集まで出した。純利益は文化復興基金に寄付された。

同人詩誌の発行だけでなく、数々の詩集の選考委員、兵庫県、神戸市など芸術文化団体の世話役、代表、「半どんの会」代表など、務めた。

人柄は静かで温厚、声を荒げることなどなかった。

「若輩の私を仲間に入れてくれていたのは、何かを伝え残そうという気持ちからだったのだろうか。決して上から物を教えるという口ぶりではなかったけれど…どれだけ多くを得たか知れない」(「神戸新聞」平松正子)

もちろん、詩人、作家、登山家、歴史探訪、幅広い文芸家であり、多くの著述を残したが、伊勢田史郎は、「人としてのあり方」を求めていたのではないかという思いで帯文とした。

伊勢田さんが自家を持たず、小さな借家で一生を終えたのも人生の「あり方」「生き方」ではなかったか。

ヒントは「階段」にあるかもしれない。

『またで散りゆく』の、自伝的エッセイは、伊勢田さんが一九八九年創刊し、二〇一三年六月に四十一号を出して終刊した「階段」から多くをとっている。「階段」は編集工房ノアで製作した。

同誌は、伊勢田エッセイ教室受講者と、伊勢田さんがこの人と思う詩人・作家たちに寄稿してもらう「エッセイと詩」で、基は受講者の文章を公けにし、はげます思いであったと思う。

「階段」は、次第に頁数を増し、百頁になることもあった。途中からは、教室の執筆者は、伊勢田さんに気の毒だからと、各自いくらか負担してくれるようになったと聞いたが、それまでは発行費の全額を伊勢田さんが出した。もちろん寄稿者に稿料までは払わないが、負担を得られるものではない。

このエッセイ教室のメンバーによる単行本、アンソロジー、(平均二百五、六十頁)も編集工房ノアから五集まで出した。

第一集の書名は『私が愛した人生』、サブタイトルは「〈戦後五十年〉普通の市民20人の」とある。

「人生を愛する」伊勢田さんの思いであろう。

＊

（御報告）

堂島にあるジュンク堂大阪本店・二階・文芸書売場の、脇壁面に設けてもらっていた、編集工房ノアの本の棚を、三月十五日（二〇一七）をもって、閉じることになった。

この一壁面全体の一版元の棚としては特大のスペースが提供されたのは、堂島本店開設時の営業本部長・岡充孝氏（現・丸善ジュンク堂副社長）の好意に拠っている。

岡さんとは、故・足立巻一さんの縁で、交誼を得た。岡さんの神戸三宮サンパル店時代、足立さんの肝煎で、ノア十周年記念展を開催してもらった。期間中、足立さんは毎日、会場に出て、来てくれた人に応接してくれた。

足立さん亡き後は、偲ぶ会「夕暮れ忌」を、杉山平一さん、大谷晃一さんを代表に、事務局を、岡さんと私で、二十五回（二〇一〇年）まで続けた。岡さんは、常に沈着冷静に事を運んだ。

さらに、岡さんが堂島新店舗開設の責任者になった時が、丁度ノアの二十五年にあたり二十五周年記念展を一か月間開いてくれた。フェアと共に、著者色紙、装幀原画、パネル展に、公共性を持たせるところから関西の同人雑誌も展示するものとなった（「ノア25年の歩み展／戦後関西の同人雑誌、詩誌展」）。喫茶室での杉山平一さんの講演もあった。

前号「鶴見さんが居た」で書いた、新阪急ホテルでの二十五周年記念会では、開会を「二人づれ」という落語で飾ってくれた。

「この会のはじまりに…しゃれた新作落語があり、はなし手は誰かわからなかったが、ジュンク堂書店の社員だとかで、そのクロウトはだしのはなしぶりにおどろいた」

鶴見さんの「ノアのあつまり」（「京都新聞」）の文の最後のところ、鶴見さんは、あのびっくり目をしたのだ。岡さんは、関西大学落研出身、桂文枝（三枝）の後輩なのだ。

またジュンク堂堂島大阪本店では、書店棚とは別に、棚スペースを出版社に小間貸出しをするコーナーを造った。大手出版社が宣伝コーナーとして応じた。たまたま空きが出たことから、極小出版社のノアに特別に声を掛けてくれた。

爾来約十八年、スペースは拡大され、見られた人は驚く、「編集工房ノアの本」棚が、岡さんが堂島店を離れた後も、続いた。

このコーナーの撤退は、ひとえに当方の事情による。

ジュンク堂堂島大阪本店・編集工房ノアの本コーナー
2017年2月8日撮影、今はない。

岡さん、長い間、ありがとうございました。ジュンク堂堂島大阪本店の皆様お世話になりました。ノアの本の棚に親しんで育ててくださった読者の方々に感謝申し上げます。

おかげさまで今年、ノアは四十二年目の春を迎えることが出来ました。

（「海鳴り」29号・二〇一七年五月）

＊岡充孝氏は、二〇一八年、丸善ジュンク堂を退社。同年五月より、出版社・株式会社童話屋代表取締役に就任。

III

『わが風土抄』とノア前史

編集工房ノアでは、川崎彰彦さんの本を、九冊出している。

『わが風土抄』（一九七五）『虫魚図』（一九八〇）『月並句集』（一九八一）『訳詩集アレクサンドル・ブローク詩「十二」』（一九八一）『夜がらすの記』（一九八四）『二束三文詩集』（一九八六）『冬晴れ』（一九八九）『詩集合図』（一九九二）『短冊型の世界』（二〇〇〇）。

最初の出版『わが風土抄』の奥付発行日は一九七五年二月二十五日となっている。

編集工房ノアの創業は、一九七五（昭和五十）年九月二十一日。私が勤めていた印刷業専門誌をやめたのが九月二十日付で、翌日から仕事を始めた。株式会社として登記できたのが十月二十八日で、創業第一冊は、翌七六年三月に出版した港野喜代子詩集『凍り絵』としている。

つまり『わが風土抄』は創業以前に、私が業界誌にいた時に出している。すでに編集工房ノアの名があった。がさらに前がある。

編集工房ノアの名前は、逆のぼる一九六九年（昭和四十四）秋に生まれた。

私は大阪文学学校に、この年の秋期生として入った。知っていた港野喜代子さんと木沢豊さんに「入ってみたら」「いろんな連中がいるから」とすすめられた。

この時期重なって、労音をやめた木沢豊、木沢の同僚だったK氏と三人で、編集プロダクションを作った。木沢さんが編集工房ノアと命名した。

当時大阪文学学校は、西区阿波座の古い木造屋の二階に事務所があったが、教室には森の宮の教育会館、労働会館を主に使っていた。

ノアの事務所も、森の宮の反対の東側、工場と住宅が混然とした南中浜に借りた。急な階段の小さなビルの三階の１Ｋに、私の住まいもかねた。

ために、文学学校で知り合った、講師や仲間たち、いろんな連中がなだれ込んだ。森の宮駅裏の溜まり場「千成」で呑みたらず、流れてくる。ビルの大家や住人から苦情が出た。木沢さんが「涸沢さんは真面目だったのに」と翌朝の宴の跡を見てなげいた。

文学学校は本科は一年で、前期と後期の募集があり、私は後期生で川崎彰彦さん受持ちの小説科（5組）にいた。同期に大江耀子、松廣勇、西堤努などがいた。クラス外で水川真、中西徹を知った。水川は文学学校の講師でも生徒でもなかったが、木沢さんの知り合いでもあり、滝本明さんの詩の教室にゲストふうに出入りしていた。私は水川を知ったことでイメージを重ねつないでいく物語詩の自由さを知り、詩に傾いていった。一年を分けた後期は滝本明のクラスに移った。

水川の呼びかけで、詩誌を出す話が出て、グループが出来た。千成で集まる横にはほぼ同時進行していた川崎さんを中心にする小説の同人誌のメンバーがテーブルを囲んでいた。水川が作ったグループ意図の文章の中に、「印象的批評を排し、科学的批評をする」があり、川崎さんが「批評は全部印象批評じゃないの」と東京弁でひやかした。

発行責任者を水川真とする詩誌「夢幻」は翌年一九七〇年一月に創刊号を出した。「夢幻」命名は水川。メンバーは、水川真、高塚学、今井文子、伊藤正克、岩田敬子、涸沢純平、中西徹。

中西、岩田、高塚などは、半期私より先に文学学校に入っていた。岩田、高塚は滝本のクラス。中西だけが小説を書いた。

しかし創刊時に水川は大阪にいなかった。十二月、佐藤訪米阻止闘争に行き、そのまま帰らなかった。中西も死んで来ると言って、私たちはなけなしの金を集めカンパした。川崎彰彦編集の『燃える河馬』創刊号も同じ一月に出た。日は「夢幻」の方が少し早かった。執筆同人は、川崎彰彦、広岡一、香田真由美、太田順三、宮川芙美子、土井和子、横山陽子である。

一方、編集工房ノアは、「貪欲になんでもひきうけつめ込む」と挨拶状を出したのだが、箱舟はあっけなく座礁した。予定した帆柱となるべき定期刊行物の仕事が結局得られなかった。木沢は十二月には他社に勤めた。K氏は元々舞台装置、建築の人で、友人の建築事務所に入った。

一月には解散し、私はひとり鴨野のアパートに居を移した。木沢氏に了解を取り、編集工房ノアの名を私が受けついだ。喜谷繁暉詩集『象の村』『宗秋月詩集』と、はずかしい涸沢純平詩集『愛欲曼陀羅』を鴨野で出した。岩田敬子と結婚。鴨野から長居へ転居、勤め人となった。

『わが風土抄』は、大阪文学学校時代から五年後の出版となる。私はかねてから川崎さんの本を出したいと思っていた。淡い色調ながら深い勁い味付けがされているなにより文体に心酔していた。水川が「川崎ファンは多いよ」と言ったのも支えになった。

収録作品は、「燃える河馬」に掲載された、夢の世界にイメージしたと思われる独得の幻想幻術の掌篇集で、粟津謙太郎の装幀装画が、一体となっている。

本が出て、梅田の松屋で、久し振りに文学学校のメンバーが集まった。松廣勇も西堤努もいた。松廣さんはひげをはやし、白いものがまじっているのも落ち着いて武田泰淳に似て魅力的に見えた。その頭髪が短くきれいに揃えられていて、何の気なしに「さわらせて」と手を伸ばした、のは前に「松廣さんの口元」で書いた。

（「黄色い潜水艦」50号・二〇〇八年十二月）

在庫有——川崎彰彦著編集工房ノア刊行本九冊

第一冊は、『**わが風土抄**』。一九七五（昭和五十）年二月二十五日発行。

「川崎文学に強く引かれていたのが涸沢純平。…『わが風土抄』の挿し絵をまかされた。ゲラ刷りに目を通したとき、ダリやエルンストが浮かんだ。こんな小説もあるんだ」と粟津謙太郎が、「黄色い潜水艦」（52号）「川崎彰彦追悼号」に「挿し絵」の題で書いている。

私は、一九六九年秋、大阪文学学校に入り、川崎彰彦講師の小説クラス生徒となった。川崎さんの文章スタイルに強く惹かれた。川崎さんの本を出したいと思った。出版とは、所有すること、コレクションの気分がある。

『わが風土抄』は、二十三篇の詩小説のような葉篇集。夢とも現（うつつ）とも知れぬ内なる情景を描いている。粟津のイメージでは「ダリやエルンスト」。

粟津の「挿し絵」が八葉加わり重なり、深い独特の世界を持った一冊となっている。

川崎彰彦著、粟津謙太郎絵、編集工房ノア出版の三人組が出来上がった。

第二冊は、『**虫魚図**』。一九八〇（昭和五十五）年十一月発行。書名通り、「蛙」「フウセンムシ」「淡水魚」「オイカワ」といった「鳥獣虫魚」にまつわる風景二十二篇。「わたしの時間と空間には、日常多忙の人々より、いくらか多めの小動物たちが棲みついているらしい。…彼らはわたしにとって人間の友だちとほとんど変わりがない」（「あとがき」）

粟津の挿し絵が各篇一点付き、この年「第16回造本装幀コンクール」の「日本書籍出版協会理事長賞・文芸書部門賞」を受賞した。

第三冊『**月並句集**』は、一九八一（昭和五十六）年八月の発行であるが「てのひら文庫」と付けているように、一冊と数えるには小型本。この頃手慰みで、変型本の余白に付け合わせで印刷し、製本は手折して中トジホチキス留めする手作りミニ本を何点か作った。

高校生の時、ガリ刷中トジの個人誌を手作りしたのが、私の出版の原点か。出版とは作ることの喜びと思っている。

第四冊は、『**アレクサンドル・ブローク詩「十二」**』の川崎彰彦訳詩集。粟津の絵十七枚いる。

が付いた大判（B5）の詩画集。『月並』と同じ年の十二月三十一日が発行日付となって
　この前、十一月十六日。川崎さんは大阪文学学校で講義中に脳内出血を起こし倒れた。救急病院から移った病院に、校正刷を持って行った。粟津の文章で「本を抱えた涸沢と東大阪の病院へ向かったのは十二月」の暮れ近い日、と出来上がりも病院へ届けたことがわかる。私たちは川崎さんを励ます思いで仕上がりを急いだのだ。

「学生のころロシア文学を学んだ」（「あとがき」）川崎さんの、ロシア革命詩、ブローク「十二」の訳。粟津は、この絵を自身の「挿し絵の代表作と自負」する。革命の街と人を描き出した力作である。

　第五冊は『**夜がらすの記**』。一九八四（昭和五十九）年五月発行。この青西敬助を主人公とする連作小説集を、私は川崎さんの代表作と思っている。

「売れない小説家の私は、妻子と別居、学生アパートで文筆と酒の日々を送る。ついには脳内出血で倒れるまでを描く」と目録宣伝文。「寡作の作家の生きようを通して人生の哀歓を描く」と帯文。

「わたし」は鬱屈した日々に、酒癖が悪いことを承知で橘さんを誘って、木津川の河原

で酒を飲む。案の定、橘さんは絡み酒となり、雨まで降ってくる。「なんだか、むしょうにわびしかった」。橘さんの酔態の中に、自分をも重ねる。哀しいユーモア。

五月十日、第一刷。六月二十五日、第二刷。ノアから出した川崎さんの本で唯一、増刷した。「売れない小説家」を書いた本が少しは売れたのだ。

第六作『**二束三文詩集**』一九八六（昭和六十一）年二月発行。新書判の詩集。

第七冊『**冬晴れ**』一九八九（平成元）年十一月発行。「時代の陰影を冬の光にとらえる短篇18」帯文。表題作「冬晴れ」は、「昭和の軍人」であった父と、その死を書いている。

発行翌月十二月七日、川崎さんは二度目の脳内出血に倒れた。連絡を受けて、救急病院で横たわる痩せ細った川崎さんの姿を見た時、最期かと思った。何度目かに見舞うと、「うーん」「うーん」とうなっている。苦痛の声でもない。「川崎さん、何ですか」と聞くと、「無聊をなぐさめているのだ」と言った。私は少しあきれ、川崎健在を確認した。

第八冊『**合図**』一九九二（平成四）年、第九冊『**短冊型の世界**』二〇〇〇（平成十二）年は、どちらも詩集。「お前も生きていけ」の『合図』であり、ベッドと車椅子の生活となった『短冊型の世界』で、川崎さんは二〇一〇年二月四日、七十六歳まで生きた。

以上九冊、歳月を経て、しみが浮いたり、カバー・帯が汚れていたりするものもあるが、すべて在庫有。

（「樹林」550号・二〇一〇年十一月）

追記。…であったが、静かな川崎彰彦ブーム（？）がおとずれ、『わが風土抄』『虫魚図』『夜がらすの記』が品切れとなった。

熱心なファン、礼幌の中野朗氏、中山明展氏によって『川崎彰彦傑作撰』（二〇一六）が出版されたが、これもまたたく間に品切れとなった。

早稲田露文科同級生有志

川崎彰彦は、私小説の作家である。その私のところに、作家本人をさしおいてふれることをゆるされたい。それも病中の全ての自由をうばわれていた不明の間のことで、川崎さんにとっては不本意であろう。

一九八四年、川崎さん五十歳の時に編集工房ノアから出版した『夜がらすの記』の宣伝文は、

「売れない小説家の私は、妻子と別居、学生アパートで文筆と酒の日々を送る。ついには脳内出血で倒れるまでを描く連作短篇小説集」

とある。川崎さんが一回目の脳内出血で倒れたのは、四十八歳の時であった。この時は症状も軽く、障害は右側に出たものの、字は左手で濃い目の鉛筆で書き、歩行もちょっと

足をする程度であった。

むしろ病後は、それまでの不摂生を改め、玄米食とし、朝夕、自分で血圧を測るのだという。

「安いものだから、カラサワくんも買って、測るといいよ」

とこちらの健康管理をすすめられる具合で、私はその変わりぶりに内心苦笑しながら、安心もした。体重も病前より増えたみたいで、顔色も良く、ジーンズをさわやかに着こなす、オシャレな川崎さんであった。

『夜がらすの記』は、この一回目の脳内出血で倒れた病院生活を左手で書いた原稿までを収めた。鶴見俊輔さんは帯文で「これは死を賭しての風雅であり、現代の平均とつりあうほどの自分なりの重さを読者につたえる。この物語に私ははげまされた」と書いた。

少し先走るが、私は本書『ぼくの早稲田時代』が、東京・右文書院から出版されることを何より喜んでいる。その新しい川崎さんの読者には、この『夜がらすの記』も是非とも合わせて読んでもらいたい。

しかし、いったん取り戻した健康と生活ペースも、最愛の兄さんを五十代で亡くしたあたりから、くずれてきたのだと思う。

川崎さんは、五十六歳の冬、一九八九年十二月七日、二度目の脳内出血に見舞われた。野口豊子さんから電話があって、奈良の救急病院へ急いだ。すでに暗くなっていた。うす汚れた病院の表通りに面した窓側のベッドに、川崎さんが横たわっていた。川崎さんは、呼べば反応はあるというものの、昏睡の状態であった。こんなに痩せていたのかと思った。枕元のスタンドの灯と、病院の表のネオンの灯が、骨の浮き出た胸と細い脚を、あらわに照し出していた。

今後の対応をどうするか。緊急で集まった者たちが、近くの喫茶店で話し合った。まず当面の病院での付添い看護のローテーションを組むこと、お金集めをすること、であった。川崎さんはひとり暮らしで、貯えもあるとは思えなかった。

お金は、宇多滋樹の提案で、カンパをつのることとなった。川崎さんが後で知ったら嫌がるのではないか、という意見が出たが、いたしかたなかった。

われらが友、根っからの詩人であり、不自由をかこって自由であった作家、目立たないものに眼を留め、しこしこと書きつづけてきた川崎彰彦が、…再度の脳内出血に見舞われて、ベッドにいま横たわったままです。意識は戻りつつありますが、なお混濁の境

をめぐっており、猶予のほどが気づかわれます。（略）

それほどでもないよ、と彼は持ち前の気骨ではじらいつ迷惑がることでしょうが、知ってのとおり川崎彰彦は、身ひとつの暮らしです。再起を賭けた生への闘いは、長期の年月が予想されます、…あなたの厚い意を、心から待ち望んでいます。

金時鐘さんの「川崎彰彦が倒れました。救援のカンパを呼びかけます」の文章である。呼びかけ人に、宇多滋樹、小沢信男、北川荘平、金時鐘、倉橋健一、寺島珠雄、富永守雄、土方鉄、福田善恵、真継伸彦、森安二三子、の各氏になっていただいた。実務は宇多滋樹、野口豊子、と私がやり、事務局を編集工房ノアに置いた。会の名前は「川崎彰彦さんを励ます会」とし、専用の銀行口座、郵便振替口座を開いた。

呼びかけと同時に、次々と「厚い意」が届けられた。

金額の多寡が心の厚薄とは決して思わないが、カンパを集めるものとしては、多額には篤さを感じた。十万円を越える高額のカンパが何人もから寄せられた。

富山の大阪文学学校通信教育生の女性は、直接川崎さんは知らないのだが「お金を使うこともあまりありませんので」と、文学学校誌「樹林」に入れられた振替用紙で十万円を振り込んできた。

北川荘平さんは、「今すぐ行って、川崎の首をしめてやりたい、川崎がかわいそうや」と、十万円くれた。

それぞれグループで集められたカンパもあった。

その中に、「早稲田露文科同級生有志」がある。富永守雄さんから、三十四名の名簿が送られてきて、カンパは、一月十七日付と二月十三日付で二回、高額が振り込まれた。富永さんは別に個人でも二回。三木卓さん、宇山悦司さん、五木寛之さんも個人で入れてくれている。五木さんは特別の額であった。

『ぼくの早稲田時代』は、その有志の、かけがえのない友情の時代の物語である。

（『ぼくの早稲田時代』右文書院、二〇〇五年十二月発行、琹）

松廣さんの口元

今、松廣勇さんが遺した一冊の本『宇治川の鮠』を読み終えて、書き始めている。この本のことは少し脇に置く。

私は松廣さんに対して、いささか贖罪の気持を持ち続けてきた。罪と言えば二つある。

私が松廣さんのことを想い出す時、まず浮かぶのは、その柔和な口元である。いつも笑みをたたえていた。作り笑いではない、自然に身体の内から浮かび上がっているものであることが感じられた。全てを許し、受け容れるような優しい口元であった。「この人は善人だな」と初対面の時から思った。ちょっと内気な感じのする……。

初対面は、一九六九年九月。森の宮教育会館の細長い小部屋。大阪文学学校、小説コースの川崎彰彦教室の前期、第一回目の時間。松廣さんと私は、この年秋期の川崎小説クラスの同期生として出会ったのである。部屋に合わせて細長いテーブルが置かれ、受講者は左右に分かれて、奥の中央に、チューターの川崎さんがいた。いささか雰囲気をうかがう顔合わせの場の自己紹介の中で、松廣さんの記憶はない。

今でも強く印象に残っているのは、遅れて入ってきた大江耀子である。「好きな作家は大江健三郎です」声は大きくはなかったが、はっきりとしゃべり、強い個性を感じさせた。

松廣さんの笑みと接したのは、教室終了後の溜まり場、森の宮駅裏の居酒屋「千成」であった。ここでは喧喧諤諤、激しく言葉が飛び交ったが、松廣さんが声を荒らげることはなかった。飲んでも特に変化することのない静かな酒だった。

その行儀も良い松廣さんの善人のところに、私はつけ込んだ。

水川真を中心にした同人誌「夢幻」の創刊が、翌一九七〇年一月。実際には十二月暮れに出た。この時、水川はすでに東京に居を移し、中西徹と私が、編集後記を書いた。

出来たばかりの「夢幻」を千成に持ち込んで、松廣さんに売った。いくらで売ったのか、創刊号に頒価の表示はない。千成の割り勘代が五百円。その日の五百円をどう工面するかが、すべての日々だった。私は無職に近かった。

松廣さんは、いやな顔一つせず、ズボンのポケットから、お金を出してくれた。味をしめて、その後も「夢幻」のほか、原稿を書いた雑誌を松廣さんに売りつけた。千成で松廣さんの姿を探した。

「夢幻」の後すぐに、松廣さんが四号から参加する川崎さん主宰「燃える河馬」が出た。そんな、なんでも言うことを聞いてくれる悠然たる風から、いつもお金がなくてガツガツしている私たちと人種が違う、お金持ちと信じた。カモという言葉は好きではないが、松廣さんのお金をあてにしたのである。

実際の松廣さんは保険会社外交員をするがつとまらない。生活は奥さんのミシンで支えられていたことを後で知った。

久し振りに松廣さんに会ったのは、私が川崎彰彦さんの短編小説集『わが風土抄』を出版した直後だった。この本の発行日は、一九七五年二月二十五日。出版記念会ではなかったが、川崎さん周辺の者が何人か、梅田の行きつけの居酒屋「松屋」に集まった。

その中に、松廣さんがいた。私は久し振りに会った松廣さんが、いい男になっているのに驚いた。髪は短髪で、頬から顎にかけて鬚を生やしている。鬚には白いものも混じっている。それがなかなか良く似合い写真で見る武田泰淳に似ている。堂々たる物書きの風貌である。松廣さんは川崎さんと一つ違いの一九三四（昭和九）年の生まれだから、この時四十歳。

鬚が似合っているだけでなく、短く刈り込まれた髪が美しく整い見事だった。青く光る坊主頭。橋幸夫の角刈りが流行った高校生時代。そのなつかしい髪の筋目にさそわれて、思わず私は手を出した。

「ちょっとさわらせて」

と言うのと、髪の毛先をつまむのが、ほとんど同時であった。

ことの成り立ち、その場の状況判断が欠ける鈍いところが私にある。つまんだ髪の毛が地肌と引き合う緊張感がここち良く指先に伝わるはずであった。

ところが、なんの抵抗もなく、頭のてっぺんの髪のその部分が持ち上がったのである。

隣にいた松廣さんと親しい、同じく川崎教室同期の西堤が何か言った。彼はそのことを知っていたのだ。

松廣さんは、トイレに入り、少しして元通りの武田泰淳で現れた。その時はさほど悪いことをしたとは思わなかった。むしろこちらのバツの悪さがあった。西堤が、付けずに自然のままにしている方が良いのに、と言ったこともあったと思う。

しかしながら、今は何という失礼なことをしたのか、という気持でいっぱいである。満座の中……。言いようのないことである。

松廣さんの短編、子供の頃、心中死体を見たことを書いた「月の光」が、「文學界」同人雑誌ベスト5（ファイブ）に選ばれたことを知り、選評を読んだ。短編小説のお手本と絶讃し、5のトップに上げている。私はひそかに祝福した。

その後、松廣さんのことは、中西徹から話を聞くことが多くなった。いつからか、中西と松廣さんが仲好くなっていた。

『宇治川の鮠』を読むと、松廣さんの一生がつながってくる。小学一年生の「女先生」から、最後の病院生活の「余滴一滴」まで、時代順に配列されている。嘘いつわりはないであろう。中の記述、「父は三度結婚した。私の母は二番目である」「そのころ、私は祖母と二人で暮らしていた」「私は親きょうだいと縁薄く育った」。

そうした運命を受容した。柔和な口元と無縁ではあるまい。

この本は名作である。全てを受け入れることで、静かに正確に見つめ、見つける。澄んだ渚の水。あるいは生地近く、四万十川河岸の水辺。その中でも、

そのころ、私の田舎では、女の子は下着姿で泳ぐのが普通であった。……

女の子が下着姿で泳ぐのも、田舎の明るい海で見るかぎり悪くなかった。まっ黒に日焼けしたシュミーズ姿の女の子が海にさっと入ると、そのはずみにシュミーズのなかの空気がしばしば捉えられて、背後の布地が海面にふくらみ、白い半球をつくる。それも奇妙にお尻のあたりでふくらむ。そのお尻の白い半球状のふくらみが、おかっぱ頭の女の子が泳ぐに連れて、いっとき入江の青い海面をすいすいと移動する。


白い半球のふくらみの妙。

受容というならば、先の髪のことは反するのではないか。

歯医者に、年の割に歯が磨り減っているので「歯ぎしりをしますか」と聞かれる。家内に確かめると、しないという。続けて、

歯ぎしりしたいことなら内にも外にもたくさんある。私がそう云うと、

「そう云いたいのは、私の方です」と家内が云った。


と書かれる。幻の歯ぎしりと、通じているのか、どうなのか。

あるいは、中西と松廣さんが、飲んだ勢いで、松廣さんの家の近くにある稲垣足穂宅に向かって二人して叫ぶ。まず松廣さん。

「おうイナガキさん、タルさん、いっしょに飲みに行こう」

「おうイナガキさん、イナガキ氏、いっしょに飲みに行きましょう」

氏を付けたのが中西。


ある夜、中西と大阪で飲んでいて、これから宇治の松廣さんのところへ飲みに行こうということになった。二人ともすでに相当酔っていて、その後のことが記憶にない。結局この日松廣さんには会えなかったのだと思う。

記憶がよみがえるのは翌朝の京阪電車中書島の駅のベンチ。朝の光である。

う。

『宇治川の鮠』を読んでいて、中西といっしょに、松廣さんの家に飲みに行きたいと思う。

「おういマツヒロさん、マツさん、いっしょに飲みに行こう」

すべてを受容した奥さんにも、お会いしたい。

(「黄色い潜水艦」40号・二〇〇三年十二月)

雪の寝床

私は、中学三年生の文集に、次のように書いている。（舞鶴市立大浦中学校「波」第十一号・昭和三十七年三月）

私は、私という人間がわからなくなってしまいました。私は思想も夢も感情も失ってしまいました。外には雪が降っています。山の緑もどろんこ道の茶色もみんな白く変えてしまう雪が、あの雪が私の体を白く包んでくれないでしょうか。

私は、舞鶴の、若狭湾に小さく突き出した半島の入江の漁村に生まれた。村は陸の孤島と呼ばれ、町へ出るには、峠道を徒歩（かち）で越した。冬は雪原となった道を、母の後から雪をかきわけたどった。小学五年の時、峠道が開削され自動車道路がつき、六年の時バスが開通、それまでは村の分校だったが、中学は半島の付け根の内湾にある本校にバス通学した。積雪でバスが不通になり、雪の峠道を歩いて越えることもあった。仲間がいる時もあり、ひとりの時もあった。

新雪の雪原に、ひとり身体を投げ出した。空はどこまでも青くひろがり、登って来た眼下には、天然の良港といわれた深い入江の海が光っていた。

その入江は、敗戦後、ソ連と中国からの引揚港となった。

舞鶴への引揚船入港は、総数三百四十六隻、引揚者六十六万余人。

中国からの最後の引揚船は、昭和三十三年七月十三日に入港した白山丸で、この船に同乗した「日共党員六十六人混る」(新聞報道)の中に、叔父がいて、私と姉は父に連れられて、取材の毎日新聞記者にともなわれ、叔父を迎えた。小学六年生の時だった。

中学校には、用務員として住み込んで、帰らぬ良人を待つ岸壁の妻・水島房子さんがいた。

引揚げの平港は、ただの入江で、仮設の浮き桟橋を付け、港内に停泊した船からランチで帰国者を運んだ。岸壁などなかった。

時を経て、私は大阪で、編集工房ノアを、一九七五（昭和五十）年九月、二十九歳で始めた。

翌年、港野喜代子詩集『凍り絵』を出版（三月二十五日）、港野と二人、宣伝のための新聞社回りをした日の夜（四月十五日）、港野は風呂で心臓マヒを起こし、死んだ。六十三歳だった。

結果的に港野の最後の詩集を出版したこと。それだけでは無念であろうと思い、小野十三郎、上野瞭、永瀬清子各氏の編集委員で『港野喜代子選集―詩・童話・エッセイ』を五年後（一九八一年九月）出版し、編集・出版は、とむらい事だな、と思った。

港野は『凍り絵』の「あとがき」で、

「はかない散らばりの言葉、雑多な不安の要素の吹き溜りの無力な私ですが、ただ平和への願い一途です」

と書いた。戦後三十年、港野の戦争は続いていた。また、『選集』エッセイで、

「わたしは、自分の中の切れ切れの時間、切れ切れの思い、…切れ切れの勉強、切れ切れのしごと――あらゆるものの切れ切れの中で、ほとんど切れ切れにしか詩を書くことがで

きないのです。…でも徒労を恐れていては、私など詩は書けません」

とも書いた。

最初の出版が港野喜代子の葬送となって、以後、私はたくさんの詩人、作家たちを送った。

清水正一、一九八五（昭和六十）年一月十五日死去、七十一歳。十三のかまぼこ職人で詩人。私はこの人のことを父のように思った。出版記念会で会ったりする時、清水さんが油くさいのが肉親のようにいやだった。

足立巻一、同年八月十四日死去、七十二歳。足立さんは「ノアをつぶしたらあかん」と常に言ってくれた。

小島輝正、一九八七（昭和六十二）年五月五日死去、六十七歳。出版の打ち合わせは、今は無い旭屋書店本店の喫茶室でした。

富士正晴、同年七月十五日死去、七十三歳。出版にあたって「カラサワが勝手につくりよった」は富士流であった。

桑島玄二、一九九二（平成四）年五月三十一日死去、六十八歳。私は不遜にも「ゲンさん」、大阪芸大教授になってからは「教授」と呼んだ。二人で飲み歩き、御神酒徳利、と言われた。

天野忠、一九九三（平成五）年十月二十八日死去、八十四歳。山田稔さんと北園町九十三番地の家を訪ね、天野さんの話の妙、至福の時間を過ごした。

庄野英二、同年十一月二十六日死去、七十八歳。「君といる時が一番気楽や」と言われたのはどういう意味なのだろう。お酒と食事にさそわれた。

東秀三、一九九五（平成七）年九月二十八日死去、六十二歳。創元社の編集者から作家に転じ、五冊を出版。濃密にかかわった。

近年になって、
島田陽子、二〇一一（平成二十三）年四月十八日死去、八十一歳。最期「わたし、死ぬのはこわくなくなった」と言った。
杉山平一、二〇一二（平成二十四）年五月十九日死去、九十七歳。杉山さんは最後の詩集『希望』に、
「もうおそい　ということは／人生にはないのだ／／終わりはいつも　はじまりである／

人生にあるのは／いつも　今である／今だ」（「いま」）
と書いた。

私は、本誌のテーマ「生きるという彷徨」も「生き抜くという希望」といった、強いものの確かなもの深い思索は何もない。ただ、私は出会った人々の著作、文章、詩に、自分を重ねる思いできた。かけがえのない出会いを得たと思っている。

朝の寝床に横たわって、身体を伸ばしていると、さまざまな思いが去来する。
東さんは「ボクちゃん」と私を呼ぶこともあったが、「ボクちゃん」はとうに東さんの歳を越えた。
天野忠さんの詩の一節。

いろいろなむかしが
私のうしろにねている。
あたたかい灰のようで

みんなおだやかなものだ。

（「私有地」）

また別の詩では老人が寝ている姿を「風呂敷のようなものが」（「時間」）と書いている。

（「ぜぴゅろす」10号・二〇一四年四月）

IV

ふわりとした風——杉山平一

杉山平一さんと、編集工房ノアの縁は、港野喜代子詩集『凍り絵』から始まる。

編集工房ノアは、一九七五（昭和五十）年秋に創業。第一冊として、港野の第三詩集を企画。港野は活動的な名物詩人で、詩人、文学作家に留まらず広い人脈を持っており、それを創業社の突破口にしようという思いがあった。

港野も二十年ぶりの詩集出版で期するものがあった。跋文を小野十三郎、帯文の表は杉山平一、裏は孝橋正一（経済学者）の言葉を配した。杉山さんの帯文。

「彼女において詩は手先のものではなく、言言句句、声、身振り、全存在のなかから現われる。彼女にふれると、草も花も物も、やさしく歌い出す。」

翌一九七六年三月二十五日、港野の六十三歳の誕生日に出版成り、四月十五日、港野と私は、午後夕方まで詩集を持って新聞社回りをした。その夜、港野は箕面の一人ずまいの家の風呂で心臓マヒを起こし、死んだ。

杉山さんは港野家で行われた通夜に出た。祭壇に、司馬遼太郎氏の追悼文「人中の花」が掲載された「読売新聞」が供えられていた。杉山さんは読売新聞のことを知らなかった。帰途、電車の中から杉山さんは新聞の販売所の灯を見ると、わざわざ途中下車し、一日遅れの夕刊を買った。

「ヅカヅカと、人の中に情け容赦もなく入り込んでくる、それが彼女の流儀だった」「小柄で、色白で、おでこで、ピチピチはねるようだった。そしてヒバリのように囀った」「詩集出版記念会や催しや集りには、かならず彼女が現れ、いきなり、しゃしゃり出て、即興詩を朗読…家の近くで採ってきたという草花を、花束がわりに捧げたりする。みんな喝采はするが、出しゃばりが騒々しい、と迷惑顔の人もかなりいたのは当然である」

と、杉山さんは「戦後関西詩壇回想」(「現代詩手帖」連載、一九九四年五月)で、ありていに回想する。名物詩人は軽んじられるところがあった。

だが詩については、「その童心は勿論、きれいごとのひ弱なものでなく生活と闘う勁い気分と共にあった」「彼女は困難の中につねに…向日的な気持で生き抜いた」と評価し、「港野のヒューマンの詩才」と結んだ。

また、港野の夫・藤吉の会社が倒産。その後早くに夫を亡くし、「子供を抱えて大変だったのだろう。そのころ、私も工場が行き詰まって、金に困っていたので」と、いわば同士の情を寄せている。

杉山さんは、父が一九三八（昭和十三）年創立した、尼崎精工株式会社に勤務していた。ある会合に金の工面をして出たが、別の会費がいることがあり、うろたえた。金がない、そっと港野にうちあけた。「寡婦に金を借りた」と別のところで告白もしている。港野は「無邪気風に、私に気をつかわせないように、冗談めかして、貸してくれた。そんなことが、二度あった。」（「新文学」一九七六年七月号・港野喜代子―人と作品）

足立巻一さんが亡くなったのは、一九八五（昭和六十）年八月十四日、日航ジャンボ機が長野県山中に墜落した二日後の朝であった。七十二歳。足立さん港野さんは同年の大正二年（一九一三）、杉山さんは大正三年生まれである。

杉山さんは、足立さんのことを「戦後関西詩壇回想」の中で、次のように書いている。

「足立さんは、「僕の名前は論語の巻一からとったのや」といっていた。生後すぐ父を失い、漢学者だった祖父の命名だったという。その祖父と放浪に近い生活を送るなど辛酸の経歴が、落ちこぼれた者、ひっそりと隠れている無名の友人、などにあたたかい眼をそそがしめたのであろう。単なる同情ではなく、彼は行動したのである。」

また、こうも書いている。

「集りなどで、足立さんの顔を見かけると、急に心がなごんで、近づいてゆく。そこにはいつも、ふあーとした風が吹いている感じだった。別に話もしないでよかった。ヒューマニズムというのは、ああいうものだと思った。」

足立さんは、児童詩誌「きりん」を竹中郁さんらと編集。「きりん」は最初の出版社、尾崎書房を離れ、足立さんが理論社に持ち込み守ったが、十七年間、通巻二二〇号で終刊となった。

足立さんは後に、「きりん」にかつて詩を書いた子供たちをたずね歩いた。まとめられた『子ども詩人たち』『詩のアルバム』には、子供たちとの一過性ではない人生のふれあいが書かれている。

編集工房ノアで出版した足立さんの、『日が暮れてから道は始まる』は、足立さんの最後の連載「日が暮れてから道は始まる」（「読売新聞」）と、「生活者の数え歌」（「思想の科学」）を一冊にした。

「生活者の数え唄」は、足立さんが神戸新聞読者文芸詩欄の選者となり、とりあげた詩の作者に、会いに行く連載である。詩の選だけではなく、その生活をも確かめ受けとめようとした。いわば『子ども詩人たち』の大人版であった。

杉山さんは、この本を「ヒューマンドキュメント」と評した。

足立さんが亡くなり、その偲ぶ会が、井上靖氏、司馬遼太郎氏により、「夕暮れ忌」と命名され、毎年八月の第一土曜日、神戸で行われることとなった。杉山平一さんが代表となり、世話人の一人であった私に、直接のつながりが出来た。

ノアで杉山さんの最初の著作『わが敗走』を出したのは、一九八九（平成元）年である。ノア叢書第十四巻。杉山さん七十四歳。ノア叢書というのは、自伝的エッセイ集で、巻末に自筆年譜を付けている。

杉山さんが「神戸新聞」に連載している「わが心の自叙伝」を読んで、依頼した。

「わが心の自叙伝」だけでは、一冊にならないので、「風浪」「今年最後の入道雲」の、尼崎精工の敗走に、「父」「顔見世」「母の死」「春寒」「露の世」「くちなし」「旧制松江高」の家族、私的エッセイを加えた。

『わが敗走』の帯文を移す。

「詩人で企業経営者であった著者の孤独なたたかいの姿。盛時は三千人いた父と共に経営する工場の経営がゆきづまる。給料遅配、組合との抗争、手形のジャングル、電車賃にも事欠く敗走を、詩人自身の目が描く」

裏には、文章の中から、

手形を落とすのに、小銭までかき集めるが、どうしても十万円足りない。その時、会計の女子社員が、結婚資金にためていた金を銀行で下ろしてきて、使ってください、と差し出す。

「「うう、助かった、ありがとう」というのに、はにかむ彼女をあとにして、私は飛び出しました。陽はすでに、ぐったりと街の上に横たわっています。」

を引いている。

私は、この文章を写しながら泣いた。この本を作りながら、読みながら幾箇所でも胸つまらせた。小なりといえど重なる思いもあった。

杉山さんの悲しみは事業の不振だけではなかった。

「春寒」「露の世」は、長男、次男を、二、三歳で相次いで亡くする、小篇である。

尼崎精工は、一九五六（昭和三十一）年倒産。別会社を起こし再建をはかるがはたせなかった。

「身ぐるみ剝がれるようになって落ち着いたのは昭和四十八年だった。」

（『現代詩文庫杉山平一』年譜）

「くちなし」は、自宅が差し押さえになり、立ち退くが、庭にあったくちなしを思い出す。「それは死んだ子供の純白を思わせるものだったのに」と記す。

「顔見世」は、歌舞伎好きの父に、天井桟敷でしか観せてやれない親子の観劇行である。

そうした私の出来事を客観的に、「詩人自身の目が描」いている。

以後、ノアでの杉山さんの出版は続く。

『三好達治　風景と音楽』（一九九二年）、『杉山平一全詩集』上・下巻（一九九七年）、

『映画芸術への招待』（一九九九年）、『窓開けて』（二〇〇二年）、『青をめざして』（二〇〇

四年)、『詩と生きるかたち』(二〇〇六年)、『巡航船』(二〇〇九年)、で九冊。『希望』(二〇一一年)が十冊目となった。

帯文は、詩を合わせて作った。

「あたゝかいのは　あなたのいのち　あなたのこゝろ　冷たい石も　冷たい人も　あなたが　あたゝかくするのだ　もうおそい　ということは　人生にはないのだ　終わりはいつも　はじまりである。精神の発見。清新な97歳詩集。」

九十七歳の新詩集『希望』は、日本現代詩人会が設ける、現代詩人賞第三十回を受賞した。長く書きながら賞にはめぐまれなかった杉山さんの、六十八年ぶりの受賞となった。

「終わりはいつも　はじまりである」は、杉山さんが言う「メビウスの環」でもある。禍福は糾える縄の如し。一周遅れのトップランナー、「低く翔べ」も杉山さんの言葉である。

「精神の発見」は、社会の仕組みというより、人間を見る、人間の情景をとらえた、観察の詩人を表している。

『希望』受賞のことば、で杉山さんは、

「私の詩はヒューマニズムが基本にあり」と述べている。

港野喜代子と相照らし、足立巻一の仕事をヒューマンドキュメントと評した、全ては杉山さん自身のこころを指している。

「あたゝかいのは　あなたのこゝろ」

「ふわーとした風が吹いている」


（「文学雑誌」88号・二〇一二年十二月）

青風

杉山平一さんに、著書『わが敗走』の最初に収めた、「風浪」という小説がある。「盛時は三千人いた父と共に経営する工場の経営がゆきづまる。給料遅配、組合との抗争、手形のジャングル、電車賃にも事欠く敗走」(帯文)を書いている。

文体は小説として書かれているが、尼崎精工専務であった杉山さんを「私」とした、凄絶なリアリズムである。

「嵐は嵐を呼ぶ、闘争開始」の真新しいビラが工場の掲示板に貼られている。書き出しから会社は窮地に追い詰められている。

給料遅配、棚上げによる組合との際限のない交渉会議、吊し上げ。労働組合運動が盛んな時代でもあった。とうとうストライキが決行される。

金策に、出来うる限りの方法で奔走するが、可能性も次々つぶれていく。

年末、やっと得た融通手形で年を越すが、すぐに決済金を作らなければならない。のぞみをつないだ進駐軍の大きな入札にも失敗する。

「若い頃から、禍福はあざなえる縄の如し、という言葉を信じて、勇気を失わないようにしてきました。しかし壮年となって、悪いことには悪いことで重なるのだと知りました。全ては悪い条件が、悪い結果を生み、雪だるまのようになって行くのです。」

最後まで「みなを救おうと首にしないできた」が、人員整理に踏み切る。そのためには整理資金がいる。

「専務さん、…家族は、あなたを鬼だといっているんですよ」

その交渉の場で、おそらく実際に突き付けられたであろう「鬼」という言葉を書いている。

ついには税金滞納で国税局員がやってきて、工場機械に封印紙を貼る。嘆願書を出すのだが、競売は止められないという。

「矢折れ刀つきました。…外の風はひどくなっています」

そこに台風が接近して来ている。「私の心の中はすでにそれよりもっと、すさまじく吹き荒れていたのです」

風はさらに激しくなり、「工場のトタン板が紙のようにはぐれてゆきます」「ベークライト工場も倒れた」「モーター工場も危ない」。

やがて風も断続的になり、西の空の雲が切れて、「そこに淡い青空が少し覗」く。

「風浪」の最後は、次のように終わる。

「そのきよらかな青空を見上げました。…私は何ともいえない安らぎにおちついてくる自分を発見しました。私が自分をまで含めてごまかそうとしていた何かもやもやとした一切のものが、断乎として吹きとばされたような気がしてきたのです。…私の待っていたいいこと、救いはこの徹底したどん底だったのではないか…」

文末には、発表誌「文学雑誌」一九五二（昭和二十七）年六月、が示されている。杉山さん三十七歳の作品である。自筆年譜（『杉山平一全詩集』下巻）を見る。

二年前の昭和二十五年の項。

「一月二十三日、全工場ストライキ始まる。自宅附近にもビラ貼り廻される。…九月三日、ジェーン台風、戦災後の建物、殆ど倒壊」

二十六年。「物品税滞納のため、国税局との対応つづく。銀行融資渋るため、融通手形発行、その処理に暴力団の取立屋きて弱る」

二十七年。「六月、「文学雑誌」に、工場経営を描く「風浪」を発表、東京新聞紙上で浅見淵氏に取り上げられ、経営者の視点の文学として賞揚され、嬉しかった。」

とある。「風浪」がリアルタイムで書かれていることがわかる。驚くのは、その冷静な筆致である。いわば隠しておきたいとも思われる現実を、自ら細かく客観的に、詩人の目でとらえている。「私」という立場だけでなく、労働者、組合側にも立ち、公平に表す。苦しい金策のあれこれも感情に流されることなく抑制され、余分なものはない。人間観察も文学の底に届いている。

その杉山さんの文学と人物の不思議さはなんだろう。俗を感じさせないものは、「徹底したどん底」から現れた「青空」だったのか。

振り返って見ると、「風浪」を収載した『わが敗走』を私が出版したのは、一九八九（平成元）年で、杉山さんはすでに七十四歳であった。

それから編集工房ノアでは、『杉山平一全詩集』上・下巻を含む、十冊を出版した。

この稿で年譜を拾い読みしていて、ふと思ったのは、杉山さんの、さりげなさ、であった。全詩集の下巻に付いている自筆年譜は、実に詳細なものであるが、八十二歳であった杉山さんから、実に「さりげなく」、なんでもないことのように、生原稿を渡された。私はなんの意識も持たなかった。

その前には、大阪の作家・詩人をとりあげる書下ろしの文学評論シリーズの内、『三好達治　風景と音楽』一冊分の生原稿を、七十七歳の時もらっている。

杉山さんは、出版記念会などの集まりには、必ず背広にネクタイで出られた。サラリーマンのように目立たないようにと言われた。

最後の棺の中も、私の見間違いでなければ、紺の背広に青のネクタイを締めて、旅立たれた。

杉山平一という風。

（「ぜぴゅろす」9号・二〇一三年四月）

ひとすじの青

昨年末（二〇〇七年）の「朝日新聞」に、杉山平一さんの「メビウスの環」という文章が載った。

まず第一に、九十三歳の杉山さんの健在がうれしかった。文章は、

「大晦日がやってくる。沸きたつようなジングルベルが過ぎ去ると、私のある時代、事業に関係したころ、暗い気分に陥ったことを思い出す」

で始まる「年の瀬」の話。「ある時代」とは、父と経営した電機会社の経営が行き詰まり倒産に至る「わが敗走」の時代のことである。家にまで債権者がやってくる、世間の年末気分など味わえるものではなかった。続けて、

メビウスの環、のことが書かれる。メビウスの環は「表をさわっているつもりが、いつ

のまにか裏になっている」。天と地もそうしたもので、詩人田木繁は、神は地中にあると書いた。年末の債権者が、年が明けると「おめでとう」と言って笑顔を見せた。

「我々は暗黒をも発条(ばね)にして、輝かしい新年へ飛び出すことができる」と結んでいる。絶望こそ希望にかわるのだと。

年末二十八日のこの夕刊を読んで、どれだけの人が勇気づけられたかと思う。じっさい、この文章と共に著者紹介された著書の『わが敗走』を、直接発行所のわが社に電話で申し込んできた女性があり、書店からの注文も入った。

この「メビウスの環」が、杉山さんの人生哲学であり、文学世界であると思う。天と地、メビウスの環の表裏の間に、ひとすじの青が見えてくる。

競技場の長距離走で、いつか先頭がわからなくなる。一周遅れのランナーとも杉山さんは書いている。

『わが敗走』は、編集工房ノアで出版した、最初の杉山さんの本である。帯文に、「詩人で企業経営者であった著者の、孤独なたたかいの姿。盛時は三千人いた父と共に経営する工場の経営がゆきづまる。給料遅配、組合との抗争、手形のジャングル、電車賃にも事欠く敗走を、詩人自身の目が描く」と書き、さらに裏には、文章の一節、手形をおさえるのに、小銭までかき集めるが、どうしても十万円足りない。その時、会計の女子社員が、自分の結婚資金にためていた金を、専務さん（杉山さん）に、使ってくださいと差し出す。

「うう、助かった、ありがとう」

私は、金を持って銀行へと飛び出す。「陽はすでに、ぐったりと街の上に横たわっています」、を引いている。

私はこの文章を帯に移しながら泣いた。この本を作りながら、読みながら、幾箇所でも胸つまらせた。

会社の規模は比べようもないが、同じような思いを重ねた。

銀行からの電話におびえた。それはかならず、小切手が回ってきていて当座の金が足らない、いくらいくらという電話であった。午前中のこともあるが、午後一時頃のこともある。三時までに金を入れてくれと言う。

手形は切らなかったが、小切手を切る。計算はしているが、当座引き落としで別のものが落ちたりして、不足が出る。ギリギリのところでやりくりしているので、たとえ何千円、

一、二万円と言っても、その金があるわけではない。
商売道具の小型テープレコーダーを質屋に持ち込んだり、古書店に蔵書を売ったりもして、銀行に駆け込んだ。遅れると通用口があるのだ。

バブルの時代は、銀行が手のひらを返して金を貸したがり、カードで借金がふくれ上がった。

だが、杉山さんの「敗走」に比べれば、私の体験などはとるにたらないものである。


『わが敗走』には、杉山さんが亡くした、二人の男の子のことも書かれている。

「春寒」では、初めての子供を、数えの三歳で亡くしたこと。

「露の世」では、次の子をも三歳で亡くする。

「人工呼吸をつづけたため、身体はかたくならず…寝ているとしか思えなかった。花に埋めると、ひたいのアセモのあとが、仏さまの顔のイボのようで、玩具や絵本や積み木や小さな下駄を入れると、妻は声をあげて泣いた」、続けて、

「ふだん可愛がってもいない、むしろ、何かと悪口をいっていた親戚の女が泣き、私は何をそらぞらしい、この子供を知っているのは、私たち夫婦と、私の両親だけだ、と思っ

た」

と、はっきり書く。真実の悲しみ。

「顔見世」では、会社の倒産後、父が好きだった歌舞伎を、最上階の天井桟敷で見る。

「事業は盛りかえせぬまま九十一歳で父は死んだ」。

杉山さんの全詩集、上下巻を作っているときの年末。

「ちょっと、寄らしてもらってよろしいか、おられますか」、と中津の路地裏にあるわが社に、杉山さんが来られた。

狭くてきたない、普通の家を事務所にしているむさ苦しいところへ、杉山さんは気にされるふうもなく、気さくに足を運んでくださる。

その日、杉山さんは、思いもかけぬ金額の小切手を差し出された。

私は妻と顔を見合わせた。その年の瀬を、思いもしなかった杉山さんの小切手で、越えたのだった。

（「ぜぴゅろす」3号・二〇〇八年四月）

『わが敗走』と『希望』

杉山平一さんの本を、編集工房ノアでは、十冊出した。

『わが敗走』が、その一冊目、一九八九（平成元）年九月発行。杉山さん七十四歳。ノア叢書第十四巻として出した。ノア叢書は自伝的エッセイ集で、巻末に、著者自筆年譜を付けている。

杉山さんが「神戸新聞」に連載した「わが心の自叙伝」を読んで、ノア叢書に依頼した。

二冊目は『三好達治　風景と音楽』で、一九九二（平成四）年、大阪文学叢書第二巻として出版。この叢書は、大阪の作家・詩人をとりあげる、書き下ろしの文学評論のシリーズで、杉山さんから一冊分の生原稿をもらった。

「三好達治氏は、私の詩を拾い出して下さって以来、多くの教示を得、そのお人柄から全面的に私淑していた。」(「あとがき」)

「一、機知と比喩」から始まる十二章の名題は、そのまま杉山さんの詩の方法と重なる。「どうしても書いておきたかった私の三好達治論」(「あとがき」)であった。

三冊目、四冊目は、『杉山平一全詩集』の上・下巻。上巻は一九九七(平成九)年二月発行。下巻は遅れて同年六月の発行となった。

この全詩集は、先に潮流社の八木憲爾さんが企画、編集をすすめていたが、中断していたこともあって、話し合いの上、ノアに移させてもらった。途中まで作られていた原稿もゆずり受けた。

上巻の発行をもって、大阪、東京でそれぞれ出版記念会が開催された。大阪は二月十二日、新阪急ホテルで、二百余名が出席した。

東京は、三月二十三日、日曜日、日比谷公園の松本楼の三階蘭の間で。

私は、二時の開会に早めに着いたので、公園内を歩いていると、会場に向かう上林猷夫さんに出会った。永瀬清子さんと同じ岡山出身の上林さんとは旧知であったので、なつかしく話しながら、有名な初めての松本楼に入った。

東京での出版記念会は、多くを畠中哲夫さんを中心とした「東京四季の会」の方々の世話に依った。

杉山さんの紹介で詩集出版した石井恭子さんと初めて会った。受付で畠中さんとも挨拶を交わした。

会場は、いくつかの円卓をかこむ、ほど良い人数で、新川和江さんが立って話された姿を覚えている。

堀内幸枝さんは、「ふるえるほどの深い喜びです」と、四季派の今日に特別の思いを込められた。

会が終わって、杉山さんと立ち話をした。

「これからどうされますか」と、聞くと、「帰ります」と、なんでもなく言われた。

私は、東京行きとなると当然一泊泊まりと思っていたが、杉山さんは日帰りするという。

杉山さんは、「東京新聞」をとっていた。聞くと「東京の郊外に住んでいる気分」なのだと言われた。東京の郊外、宝塚に帰るのだった。この時、杉山さん八十二歳。

五冊目は『映画芸術への招待』、一九九九（平成十一）年、ノアコレクション第一巻で発行。「講談社現代新書」（一九七五）で絶版になっていたのを復刊した。出発に映画評論があった。

六冊目は『窓開けて』、二〇〇二（平成十四）年発行。「日常の中の詩のありか、美の発見」（帯文）エッセイ集。「窓開けて」の書名が、杉山さんの言葉だと思った。

七冊目は『青をめざして』、二〇〇四（平成十六）年発行。詩集である。全詩集以後の詩をまとめた。その「あとがき」。

「思えば「四季」誌上に三好達治の知遇を得て幸運にも「一壘」に生き、……素晴らしい詩人の関西風土の風に包まれて「三盗」、全詩集を編集工房ノアに作って貰ったいきおいでいつのまにか三壘へ滑り込んでいた。……遂げられなかった数々の想いの一つでも加えて、いつの日かホームをめざす日がくるであろうか。」

詩集名は、詩の中から私が付けた。杉山さんは「勘がいい」と言ってくれた。

八冊目『詩と生きるかたち』、二〇〇六（平成十八）年発行。エッセイ集。「詩と形象」「四季」の詩人たち」「丸山薫その人と詩」「竹中郁氏の手紙」「花森安治を語る」などを収めた。

九冊目は『巡航船』、二〇〇九（平成二十一）年発行。函入り、内のカバーに杉山さんの絵を使う美装本で、杉山さん愛着の『ミラボー橋』（一九五二）全篇（Ⅰ章）に自選文（Ⅱ章）を加えた、いわば愛蔵版。

十冊目は、詩集『希望』となる。

詩集としては、『青をめざして』から七年が経っていた。杉山さんは九十歳を過ぎてもたえることなく詩を書き続けていた。

昨年（二〇一二）三月、届いた「関西四季の会」の「季」の中の詩、「かなしみ」「ぬくみ」を読んで、杉山さんの新しい詩集を出したいという思いが込みあげた。すぐに手紙を書いた。一冊の詩集の詩は優にあるはずである。

杉山さんから詩稿ファイルを受けたのは、七月二十三日。「駄作ばかりで詩集になりますか」と手渡された。杉山さんの詩は、おとろえることなく、むしろ清新であった。

私は配列、筋だてを考え、詩集名は、中の詩篇から「希望」にしたいと、提案した。すると杉山さんは、「あとがき」に、自身が会津若松の生まれであることから、東日本大震災にふれ「悲境を越えて立ち上がって下さるのを祈るばかりである。……大漁旗を翻して新しい日本を築いて下さるように。」と書いた。

『希望』杉山平一詩集、は二〇一一（平成二十三）年十一月二日、杉山さん誕生日の日付で発行。

『希望』は、第三十回現代詩人賞を受賞。その贈呈式が今年六月二日に行われるのに、杉山さんは脳梗塞の後遺症もあったが、「私は声がいいから」と式での自作詩の朗読の練習もしていたという、五月十九日、亡くなられた。

『わが敗走』をのり越え、ひとすじの『青をめざして』。「終わりはいつも　はじまりである」、『希望』が、杉山さんの本壘であった。

（「東京四季」103号・二〇一二年十月）

みづうみの詩碑

杉山平一さんの詩碑「旗」は、松江・宍道湖畔にある。

二〇〇五（平成十七）年四月七日（除幕式）に建立された。行きたいと思っていた私は、その年の八月の終わりに訪ねた。杉山さんの風景に身を置きたい思いがあった。

その日のことを次のように、私は書いている。（「海鳴り」18号、「松江・大島・天野さんの文机」）。


暑い日であった。日録では、十一時五十分に松江に着いている。

昼食をしないまま、西へ、宍道湖畔をめざした。交叉する商店街は閑散としていた。寺があり墓地があってお参りを終えたらしい母娘か二人連れとすれ違った。名物の菓子屋の本店が建てかえ工事中であった。屋上にテレビ塔が建っているNHKの建物を見て、脇道を抜けると湖岸道路に突き当たった。湖が見える。道路を渡ると、一帯が湖畔の公園で白潟公園に違いなかった。

詩碑を探すのに少し時間がかかった。植え込みの中を遊歩道がめぐっていて、別の銅像や石碑もある。

詩碑「旗」は、枝ぶりの良い松の根方、芝生の上に建っていた。松の木や、植え込みの間から湖が見え、風景がゆったり広々としている。詩碑に申し分のない場所である。

ここは、元は旧制松江高校の敷地で、同校創立八十五周年記念碑として建てられた。詩碑「旗」のかたわらには、「弊衣破帽」、マントに高げたを履いた学生姿の銅版をはめこみ、上に帽子をのせた碑も斜めに並んでいた。

「旗」の詩、

つきつめたやうな顔をしてあるいてゐる高等学校の生徒のマントをみるたびに　私は涙のでるやうななつかしさをおぼえる　私がそ

の時分をすごしたのは　裏日本のみづうみに
沿つたちひさな古風な街であつた　秋から冬
にかけて　よくみづうみをわたつてくる夜霧
に　街はすつぽり包まれてしまつた　あの白
い霧に黒マントを翻へしながら　憑かれたや
うに足早に　あゝいくたびか夜つぴて　私は
あるき廻つたことであらう　それは寄宿舎の
廊下にともる燈のやうな若年の孤独と寂寥を
掲げてはためいてゐる　黒い旗であつた
　あゝいまそれらの旗は　激しい時代の風に
どのやうな音たてゝ鳴つてゐるのであらう

全文である。今は白い霧はない。十二時四十五分。夏の炎天の白い陽が碑を照らしている。まわりに人影もない。角度をかえてあれこれ写真を撮り、妻と交替で碑の横に立ち記念撮影もして、旅の目的を果たした。

今書き写しながら、詩碑に降りそそいでいた夏の光、湖のきらめきを思い出す。

詩碑は、旧制松江高校同窓生有志により建てられたが、建立式で配る冊子を、杉山さんから依頼され、創った。A五判八頁。

表紙一頁は、「杉山平一詩碑「旗」建立記念」とタイトルが入り、下に「二〇〇五年四月七日」の日付、左端に小さく「碑の場所＝白潟公園松高の庭（宍道湖畔）」。

二頁目。「旗　杉山平一」と詩のタイトル。下に「杉山平一氏の略歴」が、「大正三年生れ、大阪の北野中学から、昭和六年、旧制の松江高等学校文甲に入学、花森安治、田所太郎らと文芸部に属し、三年間を過ごした。……」以下、記される。

見開き、左三頁目に、詩が少し大きめの文字で入る。たて二十字で、碑に刻まれるままを入れている。詩の下に、写真。詩と組み合わせている。写真説明は「１９３２年頃の松江大橋」とある。

写真は、情景写真である。後の頁にある生徒学友たちの人物写真とは異なるものである。

右半分に古めいた、擬宝珠の付いた欄干の橋があり、左側に、今まさに橋にさしかかる蛇の目傘を挿した和服に高下駄の人の姿がある。橋の向こうには川の流れがあり、遠くにもう一本の橋がかかっているのが細く見える。河岸には、若木なのか、細い丈のない木が、まばらに並んでいる。葉を付けていないところから、季節は冬であろう。

写真は全体に、雨霧のためか、ピンボケのように煙っている。雨の冷たさが伝わってくるかのようだ。なぜ杉山さんはこの写真を持ってきたのか。

一九三二（昭和七）年は、前年に入学した、杉山さんの、初めての松江の冬である。山陰の冬とはこのようなものだ。「孤独と寂寥」か。

四頁から七頁までは、「旧制松江高」、松江時代を書いた文章を収録。余白に、杉山さんを含む七人の学生服姿の写真。

八頁目には、「城山にて1932年」の写真。松江城（千鳥城）の石垣の下の広場に十一名の生徒さん（松江ではそう呼ばれ大事にされた）が車座になりカメラに向いている。カメラをかまえているもう一人。座の真ん中には、一升瓶が立っている。

「はじめて、家庭や故郷を離れた淋しさをまぎらわすべく足を運んだ映画に魅入られ、……生意気に映画理論の本などを覗くようになった。」

と「旧制松江高」に書く。

また別の文章「わが心の自叙伝」でも、

「はじめて家郷を離れたさびしさに、夕方になると私は町へ出て、映画館の暗闇に沈むことをおぼえた。……モンタージュ論や、その時、彗星のように現れて天才といわれた山中貞雄や、小津安二郎に魅入られ、……キネマ旬報の寄書欄に投稿するまでになった。」

と書く。自筆年譜では、卒業前の二月、

「キネマ旬報に、ルットマンの「鋼鉄」評が活字になった。」

とある。杉山さんの生涯の映画評の始まりである。

その映画、映画的手法が詩をも生む。

「松江なんかでは、日曜日になると兵隊がいっぱい兵営から歩いて出てくるんです。……上官に向かってパッと挙手の礼をするんです。……ドドーンと花火が上がったんです。……その瞬間……上官が……サッと答礼したんです。はっと思いました。……三カットのモンタージュです。これを、三行にしたら詩になるんじゃないか。映画みたいに、繋いだらこれ、詩と言っていいんじゃないかと気づきました。(「詩と形象」講演『詩と生きるかたち』収載)

詩の誕生の瞬間である。

杉山さんは、昭和九年松江高校を卒業すると、花森安治を追って、東京帝国大学文学部美術史学科に入学。十月、松江高出身者を中心に、田所太郎らと同人雑誌「貨物列車」を発行。同じ十月に、詩誌「四季」が創刊された（第二次）。「店頭で、三好達治、丸山薫、堀辰雄編集と表紙に刷り込まれた「四季」という瀟洒なハイカラな雑誌が創刊されたのを見つけた」、三好達治の選で詩を募集するとある。「私は早速応募した」「三好達治のきびしい叱責がつづき」（「わが心の自叙伝」）、なかなか杉山さんの詩は採用されない。

「四季」を確かめると。

二号、三好達治選評の「燈下言」、「何れもあまり感心しなかつた。今月は……一篇も掲載しない」。

三号、「やはり先月と少しも変わらない」、思うところの水準に達していないという。だがその中でも出色のもの「投稿詩の一斑を示すもの」とのことわりつきで、小杉茂樹氏の作品が掲載される。「投稿扱いではなく、朔太郎や犀星と肩を並べて扱われて」（「わが心の自叙伝」）いる「平等さ」に杉山さんはますます魅力を感じる。

四号、「心細い次第」。

五号、「投稿者は月ごとに数を増すが内容は依然として余り揮はない」と書き、次に初めて杉山さんの名前がとりあげられる。

「それらのうちで、杉山平一氏の「感傷について」他二篇が最も優れてゐたやうである」が掲載はされなかった。

七号、「杉山平一氏の諸作は、明らかに優れた資質の……ものではあるが、……一種軽佻な機智が表面に跳梁してゐて」ときびしい。「念のために実例に就て記しておかう、「春」の終末、／絹のやうな雨が／舗道を綿密に濡らしはじめる／…この「綿密に」というのが、即ち不注意な機智なのである」と評する。

私はこの「綿密に」は松江の雨なのでないかと思った。ようやくに山陰の陰鬱な長い冬が開けて、早春の細い雨が、路上を濡らす。異郷の青春をうめていく。綿密にこそ思いがあった。

杉山さんの詩が、三好達治選で「四季」に載るのは、十二号。昭和十年十月発行、創刊から一年経っている。作品「巷の風」「八月にしるす」「後醍醐天皇の島」の三篇が、肩をいゝ並べて扱われた。

「八月にしるす」では水平線があらわれ、「後醍醐」の隠岐の島も松江つながりだろう。

湖畔の詩碑となった「旗」が掲載されるのは、三十六号、昭和十三年四月発行、五月号。

「私がその時分をすごしたのは　裏日本のみづうみに沿つた　ちひさな古風な街であつた　秋から冬にかけて　よくみづうみをわたつてくる夜露に　街はすつぽり包まれてしまつた」

松江が続いている。

異郷の映画館の暗闇に身を沈める、夜霧に包まれるみづうみとちひさな古風な街、迷宮の小宇宙。

迷宮とは、松江に持つ私の感覚なのであるが。宍道湖と双形になる中海がそれを生んでいるのかもしれない。


杉山さんは、出版記念会などの集まりの帰り、「ひとりで帰りたいので」ときっぱり連れをことわるところがあった。下宿の本棚の本は、背を中に入れて、何を読んでいるのか友達に見せなかった。そうした一端。

韜晦ではないが、一意孤行（三好達治の文章にあった）風なところがあった。

倉橋健一氏は、杉山さんを偲ぶ会（二〇一二年十月二十一日、ホテルグランヴィア大阪）

で「四季」にありながら、四季派に属さない「単独者」であったと評した。

詩集『青をめざして』を作る時、詩のタイトルから詩集名を選んだ時、「勘がいい」と言ってくれた。杉山さんのなにかにふれたのではないか。

杉山さんの最期の枕辺に流れたのは、宍道湖畔の深い霧が晴れてゆき、「旗」の詩碑が浮かび上がる映像ではなかったか、と私は思っている。


（「樹林」577号・二〇一三年二月）

杉山さんの時間

一週間前の土曜日の朝、久しぶりに歩きに出た。私が「春日神社コース」と名付けている、野の中を通る幹線道路の脇にある、神社までの往復一時間の道のりである。

大阪平野の北の果て、箕面連山に突き当たるなだらかな丘陵地で、もとは西国街道沿いの田畑の村で、中層団地と新興住宅地が割り込み。さらに近年山沿いに高層マンションと戸建ての新しい住宅地が開発され、モノレールと一体となった道路が貫いた。モノレールの下の側道を歩くのである。

地名が示す「間谷」の通り、丘陵地と丘陵地の浅い谷間にあるが、モノレールの走るところは田園風景が拡がっている。

ふだん光の射さない部屋で仕事をしているので、少しでも広々としたところを求めた散歩コースなのだ。

モノレールが風景を壊してしまったが、神社のあたりは、残された里山となっていて、池や村落の墓地もある。木々に取り囲まれ、四季の移り変わりが守られている小宇宙である。墓は村の他人（ひと）のものだが、中にお堂があり、ちいさな石仏がまつられている。風化で目を閉じた顔は柔和で、私はその前で膝を折る。

帰り途、坂道をのぼっていくと、山肌、稜線の上に、空が拡がる。青いあおい秋の空である。ところどころに掃いたような薄い雲が伸びている。

その空の高いところを、なにかと思う銀色に光る金属らしいちいさな物体が西から東へ移動しているのが見えた。雲の間を突き切っていく。

どんどん斜めに高度を上げて、さらにちいさくなっていくのを見上げて、杉山平一さんの詩に、これと同じ情景があったはずだと思った。

今、それを調べて、『杉山平一全詩集』やその後に出版した『青をめざして』最後の詩集『希望』を繰っているが、私が思い描いたままの詩は見当たらない。その中で、記憶にあったのは、この詩の中の部分だったのでは、と思われる詩があった。

題名も「秋晴」（詩集『夜学生』）である。中ほどに、…見上げる紺青の深みに　動きも見えぬ程たかくたかく飛行機が一台　ちひさな十字架のやうであつた　ゆるゆる登つて行つてきみに逢へさうだ　僕の全身を支へてゐる血管の枝々は　一枚一枚葉を散らし乍ら　一斉に青空へもつれる梢となりつゝあつた

とある。私が見たのは、正に十字架の飛行機であったが、この詩は飛行機そのものを言っているわけではない。

詩のはじめに「夏の日　綺麗な麦藁（かんかん）帽子をかむつて　詩よ　きみはやつて来た」とあるように、飛行機とは詩のことなのだ。

私は、青空を高度を上げてまっすぐに突きすすんでいく飛行機に、「青をめざして」「希望」という、杉山さんの詩の魂を見ていたのだ。

杉山さんの通夜式のある日の朝は、たまたま金環日食で、この丘陵の空で、黒い太陽のまわりに光の輪がかかるのを見た。

杉山さんの九十七歳誕生日日付で、私は詩集『希望』を出版した。が、その高齢から、いつ最後の日が訪れてもおかしくない。その日が来たらどうしよう、とおそれていた。終（つい）のその翌翌日の通夜式の日、金環日食を見て、天が杉山さんに「金環」をかむせたのだと思った。

私は周辺で出されている誌に、依頼されるまま、五つの追悼文をそれぞれ少し変えながら書いた。

杉山さんは足立巻一、港野喜代子をヒューマニズムの人、と言い書いたが、それは一番に杉山さん自身であったこと。『全詩集』を作っている年の暮れに、思いもしない金額の小切手を届けてくれた気遣い、出版にまつわること、松江宍道湖の畔に建つ杉山さん「旗」の詩碑を見に行ったことなど、を書いた。

私の文章に共通したのは、杉山さんが父と共に経営した、盛時は三千人の従業員がいた「尼崎精工」の「わが敗走」に至る辛苦であったが、その中で、「犬」にふれられなかったのが心残りであった。

「犬」は散文詩「星を見る日」の中、「桜」「犬」「星」の小篇である、四百字詰で三枚半ほど。はじまりは。

尼崎の本工場も立ち行かなくなり、全従業員は解散した。切り売りして、僅かに残った工場には、守衛の可愛がっていた一匹の犬だけが残った。

守衛もいないのだ。父と「私」、「犬だけが残った」。犬は「私」だけをたよりにし、弁当の残りをやって、一緒に暮らした。

「雲がジュラルミンのように光り出した秋の朝」、来てみると犬の姿がない。犬とりにとられた。普段は何も言わなかった「父の社長」も、何とかしてやりたいといってくれる。「あの犬こそ、残ってくれているたった一人の従業員だった」という思い、「それは私のうちの、何かを救い出さねばならないことのような気が」込み上げてきた。

保健所に聞くと、三日間は保管してあるという。だが引き取るには千円以上の金がいる。「子供づれの若い母親が、やはり、犬を引き取りにきていた」。「鉄格子のなかに数十匹の犬がいた」「格子は三つに区切られ」ていて、三日間の犬が分けられていた。「今日の檻の犬は、さかんに吠えるが、昨日、一昨日の犬は、吠えなかった」「あきらめかけたとき、私の方にすり寄ってくる犬のうちに、…弱々しく私を見上げている彼女がいた」。最後のところ。

庭へ出て、私が自転車に乗ると、犬はあとを小走りについてきた。町並をぬけると、自転車といっしょになって、犬は走り出した。…私も、負けじと錆びた自転車のペダルを懸命に力一杯踏みつづけた。風は冷たかった。何処へ帰ろうとしているのか、何かから脱出しようとしているのか、ながい間、精魂を傾けつくして遂に全滅したかなしみが、急に私の胸に込み上げてきた。とにかく、私と、犬は走った。ただ走りに走りつづけた。

今、その思いを果たしたい。

（「半どん」１６３号・二〇一四年十二月）

V

三か月

一九九五（平成七）年九月二十八日。

東秀三さんの命日を忘れることはない。

一九九五年一月十七日、午前五時四十六分、阪神・淡路大震災が起きる。かつて経験のない直下型大地震を体験した。

その二か月後、三月二十日には、オウム真理教による地下鉄サリン事件が起きた。

私には、関西の人間にとって、阪神・淡路大震災がサリン事件によって、かき消される気がした。その一九九五年。

加えて、九月二十八日は、いっしょに仕事もするわが妻敬子の誕生日である。

東さんが、体調が思わしくないことを話したのは、この年の五月の連休明けに、大阪市北区中津にある、わが社を訪れた時だった。

「連休の間、しんどうてなあ、寝とったんや」

全身に倦怠感があって何もする気が起こらなかった、と言うのである。

私の日録によると、

五月十二日（金）、午後四時に東さんの名前がある。カッコして「文学雑誌（広告）」と書いている。東さんが所属し編集もする同人雑誌「文学雑誌」（本誌）の表4に掲載する、ノアの出版広告版下を渡すことがあったのかもしれない。

東さんは、ひんぱんに、わが社にやって来た。かならず手土産をたずさえた。

それは、淡路島の知人からもらった水仙が、庭一面に拡がったという水仙の切り花だったり、高槻から来るのに、十三でわざわざ途中下車をして買った、十三名物、淀川の渡しの時代からある焼き餅だったり、見せかけのものはなかった。その堂々とした大きな身体から、さりげなく、ぶっきらぼうな様子で差し出す。東流の気遣いだった。

東さんは、一九三三（昭和八）年七月十四日生まれ。

私は、一九四六（昭和二十一）年生まれ、で十三歳違う。私の長兄が、昭和六年の未年生まれだから、兄の年齢である。

また、中津は、東さんにとって、なつかしい思い出の場所でもあった。略歴をたどる。

東さんは、
一九五四（昭和二十九）年四月（二十歳）、関西学院大学文学部入学。（胸を病んで進学が遅れた）文芸部誌「関学文芸」に参加。仲間となった和田浩明氏が、「文学雑誌―東秀三追悼号」（70号）に書く。

「東秀三と初めて会ったのは昭和二十九年、関西学院に入学した春のことだった。今はあとかたもない古ぼけた学生会館一階の、汚くて狭くて暗い文芸部の部室でのことである」（「東秀三を悼む」）。続けて、

「中でもスポーツマンタイプの大柄な体軀で、落ち着いた物腰と年齢に似合わぬ断定的な喋り方をする東秀三の迫力には脅威さえ感じた」

と証言する。実際に、東さんは二歳年上で一年生となっていたが年齢を越えて、堂々とした押し出しの存在感があった。

一方、東さんは、「ワーちゃんが」「ワーちゃんがなあ」と、私に語り、常に和田浩明氏をライバル視するふうであった。

その後、年を経てかつての「関学文芸」の学友たちが、定年の歳となり、改めて結集し「別冊關學文藝」を創刊する（一九九〇年）。

入学の同じ年、東さんは、富士正晴氏が中心となる「ＶＩＫＩＮＧ」にも加入した。三年後、

一九五七（昭和三十二）年には、「デイリースポーツ」新聞が募集した学生懸賞小説に応募。

「テニス部の学生を主人公にした「白球のはて」と題する小説で、藤沢桓夫と白川渥が選者である。選考の結果、当選作なしの佳作になり、デイリースポーツに五十回にわたって連載された」

という。藤沢桓夫氏との出会いを書いた、東さんの文章「路面電車の走る町―住吉・帝塚山」（「海鳴り」９号）である。

「小説を書いた当時、わたしは六甲に住んでいた。関学に通いながらも、…「関学文芸」と「ヴァイキング」に席を置き、自分ではいっぱしの文学青年のつもりだった…」

と回想している。

別に、藤沢桓夫氏は、東さんの受賞を、著書『大阪自叙伝』の中「懸賞小説の作家たち」で、このことを書いている。


…白川渥君と私が選者を引き受けたが、二人の選者がその感覚の新鮮さ、戦後の学生たちの生態の描写の見事さ、筆力のたくましさに感心して、一位に推したのが、大学のテニス選手を主人公とした東秀三の「白球のはて」だった。

東秀三は当時たしか関西学院の学生だったが、現在は大阪の創元社の社員に納まってしまった感じで、小説を書かなくなったのはいささか惜しい気がする。


学生の東秀三を記憶していたのである。

同年には、所属するＶＩＫＩＮＧから、詩集『樫の木一本』を出版した。富士正晴氏の序文。

「東の詩はＶＩＫＩＮＧの詩人族の中でも一風をもっている。今のところその一風は小春日和の微風といった味いであるようだが、なかなか物凄なものを繰り出してくる気配もないではない」

富士氏流の言いまわし。表紙画も富士正晴氏。学生詩人は可愛がられていたのだ。文学青年として胸を張って歩いていたのだ。翌年、一九五八（昭和三十三）年三月、関西学院大学文学部英米文学科を卒業。

卒業後、東さんは、出版社六月社に入社。

「「ヴァイキング」のキャップテン富士正晴の紹介で、学生時代から手伝いをしていた出版社の六月社にもぐりこんだ」（前出「路面電車の走る町」）

その六月社が、中津にあった。

六月社刊、足立巻一詩集『夕刊流星号』の奥付住所は、「大阪市大淀区中津本通二丁目一〇四」となっている。一九五八年十月発行。東さんが入社した年、その秋である。東さんは、四十五歳の足立さんと会っているはずである。

だが、一年余で、六月社は倒産した。

ある時、わが社に姿を見せるなり、「変わってて、わからへなんだ」と言ったことがあった。来る前に、かつての六月社のあった場所を探したらしかった。

一九六〇（昭和三十五）年一月一日、創元社に入社。

同年六月二十三日。「種稲登志子と結婚」（年譜）した。

その奥さんを、震災の前、一九九三（平成五）年十一月十四日、亡くした。私は手帳に、「東登志子、昭和九年一月二十五日生、五十九歳。死亡時刻、十一時三十分。亡くなった病院、千里救命救急センター、感染症による敗血症」と控えている。

東さんの奥さんは、風呂のわかしすぎに気づいて、湯わかしを止める時、やわらかくなったふたにあやまって手をついて、大部の火傷を負った。すぐに自分で救急車を呼び病院に運ばれた。この夜、東さんは留守にしていた。

千里の救急病院からの帰りわが社に寄った東さんは、暗い表情で、奥さんの重症を話した。皮膚移植を始めるとか言った、その入院ののちのことだった。

夜十時、東さんが所属した「旅行ペンクラブ」の会員で、友人でもある河瀬敦忠氏ともう一人が、私の住む団地の四階のドアの前に立った。この日は、日曜日のために私に連絡がつかずに当たりをつけて家を探し出したのだ。何事か。緊急は、「東さんの奥さんが亡くなった」ことだった。

高槻の東さんの家に十一時に着いた。奥さんの遺体は、玄関を上がったところの、細長い和室に寝かされていた。左右に分かれて人が座ると、後ろは通れなかった。

枕元に東さんが座り、三人の息子、長男重人氏、次男秀人氏、三男信人氏が並んだ。私たちは向かい側に座った。

「おかあちゃんは、自分が死んだこと、まだわかってないのちゃうか」

「おかあちゃん」「おかあちゃん」

と言って、次男秀人氏が声を上げて泣いた。

東さんの指示にしたがって、葬儀の準備がされた。私にまず宛てられたのは、マスコミに訃報を流すことであった。

私は、東さん本人の死であればともかく、奥さんの死までマスコミに知らせるものか、と思わないでもなかったが、朝日、毎日、日経、サンケイ、読売、読売テレビ（メモによる）にFAXと電話をした。創元社にも知らせた。東さんは、編集部長から取締役までになったが、定年を待たず、一九九一（平成三）年五十八歳で、創元社を退社していたが、東さんの後、編集長を引き継いだ猪口教行氏、信頼した編集者・中村裕子さんなど親しかったメンバーが集まり、受付や、葬儀のあれこれにあたった。

東さんは、仕掛け人、段取りの人であった。出版記念会を仕掛けること（本の販売にもつながる）は、編集者の仕事と心得ていた。段取りは完全を期した。世話人メンバーを組織し、レジュメを準備し、打ち合わせを重ねた。

また根まわしもして事を成した。人を介し、人と人を結びつけ、たのまれずとも、進んで人の世話をした。

東さんは、奥さんの葬儀に、「出来るだけのことはしてやりたい」と言った。マスコミへの訃報も、その思いだったのである。

登志子さんは、絵を描き、山歩きを楽しみ、趣味も多く、それぞれの仲間たちが、東さん関係、子息の関係の会葬者に加わり、立派な葬儀が行われた。

後に、奥さんの絵を写真にして、

「登志子は長年、絵を描きつづけていました。還暦になれば個展を、とも考えていたようです」、と言葉を添え配った。

高槻市の山中紅葉の名所、神峯山寺墓地に墓を作った。

出版の礼にと、東さん夫妻に私たち夫婦が招待され、天ぷらと鯛飯の名店「与太呂」で食事をしたこともあった。

東さんは旅行作家として、食にも通じていた。

奥さんが、なくなったあとは、食事も自分で作り、血抜きをして鳥の肝を炊くと言った。

ある時、わが社に来て、

「大塚さんが、気つこてくれてなあ」

と言う、「文学雑誌」の同人仲間で、年上の大塚滋さんが、家に食事に招いてくれ、夫婦で歓待してくれた。「大塚さんがなあ」と繰り返した。

その日だったか、近くのホテルのレストランへ敬子（妻）の車で行き、三人で食事をした後、東さんを梅田で降ろした。そのまま高槻の家まで送らなくて良かったのか、と敬子は言ったが、私はだまっていた。

東さんが、いわば突然の事故で奥さんを亡くしてから、わずか一年三か月、阪神・淡路大震災が起きた。神戸に住んでいた高齢の母親が被災した。どうするか。東さんは、何度も神戸に通った。なんとか神戸の山中にある施設を探し、一応の安心を得るまで、心労を重ねた。

そうしたことが、東さんの身体をむしばんだのであろう。

五月十二日の、東さんの来訪に話を戻す。連休中、身体がだるくて、何もする気が起こらず、寝ていた。町医者に行ったら、大きな病院で検査を受けるようにすすめられたと言う。

だが、それは一時的なものだったのか、その後も、東さんとはひんぱんに会っている。日録をたどる。

五月十六日（火）、東氏と「蓮」。「蓮」というのは、わが社の近くにある小料理屋で、食通の東さんが気にいっていて、よく行った。

五月二十日（土）、日録には「二時、海文堂二階ギャラリー、島、東氏。ジュンク堂、コーベブックス、神戸新聞、六時東門の店、ジュンク堂岡氏」とだけしか書いていないので、良くわからないが、島京子さんが「文学雑誌」70号「東秀三追悼号「日記の中の東秀三」」にこの日のことを詳しく書いている。

島さんのエッセイ集『海さち山さち』を、十八日、ノアから出版。その宣伝を東さんが買って出た。

東さんは、海文堂ギャラリーで、島さんの書道展を開き、本を売ってはどうか、と発案した。「ダレの書道展や、それだけはあかん」と島さんがことわって書道展はならなかったが、三人で海文堂に行ったのだ。

…二時に海文堂書店で、涸沢さんと、東秀三さんに会い、三人で社長の島田誠氏に本のことを依頼。…あとコーベブックスとジュンク堂書店を三人でまわり、…ハーバーランドの神戸新聞までゆき、文化部に寄ったあと歩いて元町まで戻る。「つる天」といううどん屋に入る。夕食用にビールときつねうどん、にしんそばなどそれぞれ注文。六時となり、東門街の「えこーる」へ。崩れ落ちた建造物の残り、ゴミの山などが見える中に、頑張って開店している飲食店がある。「えこーる」もその一軒。まもなくジュンク堂書店店長の岡充孝さんも来て、飲みつつ喋る。東さんはママの辻さんを相手に、しきりに軽口をとばして笑わせる。ママの生真面目な意見を、わりと知的に品よく茶化すのである。岡さんのゆきつけのカラオケバーへより、久しぶりで遊び、帰宅一時半。東さんにはタクシーで帰ることをすすめる。

うどん屋の名前まで書かれている。作家は何事も、ひとすじに完結している。編集者(私)は、散漫である。

作家と言えば、東さんが編集者から作家に転身する最初の著作『淀川』を出したのは、一九八九（平成元）年七月十四日（東さんの誕生日）。五十六歳。この時はまだ創元社に役員として残っていた。

この本は、東さんが編集者としてシリーズで手がけていた歴史散歩を、ある作家に依頼したが、出来てきた原稿は、小説風で、まったく東さんが意図したものではなく出版できなかったのを、自ら作家になって書いたのだ。

その出版記念会が六月三十日、ホテル阪神で、「東秀三氏の船出を祝う会」と名付けられ開かれた。

東さんが手がけた作家たち、大谷晃一氏、岡部伊都子氏、井上俊夫氏、神坂次郎氏、山口からは古川薫氏も歌人の夫人を伴って出席された。

古川薫氏の追悼文「秀三さんの啖呵」（「文学雑誌」）。

「創元社から歴史散歩ものを東さんとの共同作業で五冊ばかりも出している。…個人的にも親しくしてもらった。九州の白石一郎・滝口康彦・石沢英太郎らも一緒に、東さんの案内でよく旅をしたものである」

ゆき届いた面倒見のよい編集者だったのだ。

この時、大谷晃一さんは、挨拶で「東くんは学生時代作家を志したが断念し、編集者に徹した。その怨念がこもっている」、続けて、「編集者というつまらない仕事から作家に転じて良かった」と言った。

私は思わず隣に立っている、創元社の中村裕子さんの顔を見た。会場には編集者も多くいる。中村さんは、何事もない表情をしていた。私は聞き間違えたか、聞いた通りであればどう解釈すればいいかと、自らに問うた。

もちろん大谷さんは、東さんが長年の思いを達して、自著を出し、これからの人生、作家として船出することを、讃え喜んだのである。

「編集者は文章を書いたらあかん」と東さんは言い、戒めていたが、縛りをとき、単なる手なぐさみでなく、作家たることに向かった。

会社を辞める決心をして、最初の本『淀川』を書いた。見本ができたのが平成元年六月十三日、藤沢（桓夫）さんの通夜の日である。夕方梅田で本を受け取り、その足で住吉大社の裏にあるお宅へ向かった。…祭壇のまつられた部屋の入口ではいりかねていると、うしろから山崎豊子さんがこられ、肥田晧三さんがお見えになった。

おそれをなして、お線香もあげずに庭にまわった。奥に庄野英二さんがおられるのを見ていたから、外から庄野さんのそばまで行き、できたばかりの『淀川』をお渡しして祭壇に供えてもらった。(「路面電車の走る町」)

「小説を書かなくなったのは…惜しい気がする」に、ようやく応えられる思いのお供えであった。

その二年後、創元社を退社、完全なる作家活動に入った。

一九九一(平成三)年、第二回小島輝正文学賞を受賞した『中之島』を出版。受賞と出版記念会が、七月五日、ロイヤルホテルで開かれた。スピーチを、北川荘平氏、島京子氏、小島種子氏(小島輝正氏夫人)、大谷晃一氏、杉山平一氏らがしている。

選考委員でもあった北川さんは、「街と人を書く、新しい地誌学的小説」と評した。

杉山さんは、「大阪の風土を色濃く出した織田作之助、藤沢桓夫に続くような作風を期待している」と話した。

帯文「天神橋筋、天満老松町、曽根崎新地、中之島三丁目。大阪「キタ」界隈の地形、町の匂い、人情を浮き彫りにする」、は東さんが長年通った創元社界隈の地理と人であった。(第一回小島輝正文学賞受賞者は、枡谷優氏の『北大阪線』/「文学雑誌」同人。二〇

一三年十月十日死去。八十九歳）

一九九二（平成四）年には、帝塚山学院短期大学の講師となり「大阪の文学」を講じた。また、帝塚山学院大学で、庄野英二教授が入院の後、庄野文学をも講じた。

一九九三（平成五）年五月『大阪文学地図』出版。産経新聞大阪府下版に「なにわ新文学散歩—ドラマのある街」として、一九九一年二月から連載したものを編集した。大阪の作家の書いた作品、大阪を舞台にした作品、大阪にかかわりのある作品をとりあげながら町を同時に書く、文学地図なのである。詳しく大阪の文学を渉猟紹介するだけでなく、文学エッセイとなっていて、改めて東さんの力量を知る思いがする。

一九九四（平成六）年八月、『神戸』出版。帯文「神戸に生まれ、育った著者が、灘五郷から明石まで神戸を歩く。街と人、歴史風景が交響する。神戸っ子の神戸紀行」である。

北川荘平氏は、東さんの文学を地誌学的文学と称したが、人と土地風景、歩いて書くことが本領ではなかったか。編集者としての歴史散歩シリーズ、旅行作家としての『山陰』『大阪』『神戸』のガイドブックの執筆もある土壌に、文学文章が形成された。

十七篇が収められているが、神戸洋服の仕立て職人の父のことを書いた「セビル　ロウ」が、私は好きである。抑えた情感がある。

装幀画は、関西学院大学の先輩でもある、美しく繊細に女性と神戸を描く、石阪春生氏の、震災前の「神戸栄光教会」。

六月十五日（水）、午後一時に、阪急十三の神戸線改札口で、東さんと待ち合わせ、神戸兵庫区永沢町にある石阪氏宅へ行った。

装幀原画を受けた後も石阪氏は話題豊富話術たくみに話をされ飽きさせなかった。石阪氏が少し座をはずした時、東さんは、用意してきた封筒を、応接テーブルのクロスの下にしのばせた。

最後の出版は、没年、

一九九五（平成七）年八月十四日（足立氏命日）発行、書き下ろしの『**足立巻一**』となった。「プロローグ」は、

「わたしは昭和三十三年に大学を出て編集者になった。創元社から分かれてできた小さな出版社六月社にはいったのである。ちょうど足立巻一の第一詩集『夕刊流星号』を製作していた。時折、打ち合わせや校正のために巻一が大きなかばんをさげて姿を見せる。いかつい顔に鳥打帽をかぶりコートを着た姿は、こって牛を連想させる。のっそりと現れ、仕事をすませるとさっと帰っていく」

で始まる。やはり六月社で、足立巻一氏と顔を合わせていた。

この本の手法は「ストイックなまでに意見のたぐいは抑え、足立の言葉で語らせる」(「神戸新聞」)であって、「足立巻一が書いた真実」をもとに、たどりつなぎ再構成した足立巻一伝記なのだ。

松本健一氏が、この手法のむずかしさと、『足立巻一』の成果を、『文藝春秋』書評で「誠実に足立の伝記になっている」ととりあげた。

東さんは、同じ手法で「杉山平一」も書いている。これは出版を目的としたものではなく、一九九三年八月、大阪府「なにわ塾」の講座「杉山平一さんに聞く」の、東さんがコーディネーターとなったことによる。塾生(十六名)と共に、杉山さんの来歴と詩精神を聞く。東さんは杉山さんの全部を知るためにいっそ、と一冊の本にもなる枚数の「杉山平一ノート」を書いて、のぞんだ。

「杉山平一は大正三年(一九一四)十一月二日に会津若松市で生まれた。中六日町十七である。父學一が建設中の猪苗代発電所(現・東京電力)に、発電機を据え付け指導に長期出張していたためである」

と始めている。

東さんは、ワープロで原稿を書いたが、専用の原稿用紙を作っていた。B5判の用紙に、子持ちケイの赤ワクを印刷し、ワク内に、たて二十字、よこ二十行の四百字を印字する。その「杉山平一ノート」の原稿が、私の手元にある。

一九八九年から一九九五年。六年間に、単行本五冊。未刊「杉山平一ノート」一冊。その他、「文学雑誌」「別冊関学文芸」「旅行ペンクラブ」「海鳴り」などの執筆もあった。

東さんは、ある時、

「わしが、ここまでやるとは、大谷（晃一）さんも、思わなんだやろな」

と言った。

引き続き「日録」を当たる。一日、一、二行の予定だけを書いている、記録としては心もとない。

五月二十五日（木）、渡辺益國氏『危険屋佐平』（編集工房ノア）出版記念会が、新阪急ホテルで開催。渡辺氏は東さんと同じ『別冊関学文芸』の仲間で、ガンが発見され、出版を急いだ。家業とした石工の世界を描いた。

五月三十一日（水）は、「昼の会」。大谷晃一さん、東さんの呼びかけで、在阪の物書き、新聞記者、編集者などが、文字通り昼食を共にし談話する会が、月一回最終水曜日に持たれていた。場所は、大谷さん、東さん、大塚滋さんが会員になっている、梅田32番街ビル「関西文化サロン」。「文学雑誌」の例会もここである。事務局は私がした。

この五月には、『足立巻一』の編集製作も始まっている。月が変わる。

六月十九日（月）、午後三時、岡本の島京子氏宅訪問。「文学雑誌」同人・中石孝さんと落ち会った。中石さんが中断のあった「文学雑誌」に復帰した時、

「中石が、帰って来よった」

と、東さんが例会の会場から喜ぶ声で電話をかけてきた。

私は中石孝さんを知らなかった。これから中津へ連れて行くという。まだ午後早い時間から三人で飲んだのが、中石さんとの最初だった。

島宅からの帰りの阪急電車の中で、吊り皮につかまりながら、中石さんは、

「私を引き出して欲しい。テーマを与えて欲しい」

編集者といっしょにできるようなかたちで仕事がしたい、と言った。私はそんな立派な才能のある編集者ではない。

その後、「五時十五分、東氏、関西文化サロン」と書いてあるので、東さんと落ち合い、三人で飲んだのだ。

中石さんは、東京住まいだったが、母親健在の実家が大阪にあるのと、競馬で、ひんぱんにやって来た。

六月といえば、私の日録から抜け落ちているが、VIKING同人で、梅田食堂街の中にある居酒屋「木曽路」の店長であった舟生芳美さんが書いている追悼文「弁慶のようなお人」(「文学雑誌」)がある。

「六月中頃、涸沢さんと店に来られたのが最後。その日二人は、競うように冷のお替り」

東さんと「木曽路」に行っているのだ。この店には、舟生さんが選んだ全国の地酒銘酒が置かれていた。

最初に私を「木曽路」につれて行ってくれたのは、先に亡くなった詩人桑島玄二さんだった。

七月一日(土)、午後六時三十分。高槻の東さん宅へ行っている。『足立巻一』が進んでいた。山裾に突き当たり、竹藪を左に折れると、道路沿いに、住宅が並んでいた。

玄関に、短パン姿の東さんが立った。夏の陽が赤く傾むきかけている。少しやせたか。毛脛の脚に目が行った。

東さんが、検査入院と言って、高槻病院に入院したのはいつだったのか。

七月十四日（金）、東さん六十二歳の誕生日。

七月二十一日（金）、に『足立巻二』は青焼き（製版校正）まで進み、翌日、

七月二十二日（土）入院先の高槻病院へ、青焼きとカバーの色校正を持って行っている。一階の表側の喫茶店で拡げた。カバー装幀には、足立さんの原稿をあしらっていた。

東さんの命が、あと三か月と、三男信人氏から、電話で知らされたのは、その夜であったか。急遽、海部洋三氏、和田浩明氏、信人氏、と私が会うことになった。海部氏は、関西学院で東さんの一年先輩、『別冊関学文芸』同人であった。

七月二十四日（月）、海部氏が役員をする阪神電鉄グループ阪神ホテルに四人が集まった。

この時、いっしょに住んでいた信人氏は、神戸新聞系スポーツ紙「デイリースポーツ」の記者。食事も造り、こまめに父の世話をした。

東さんは、胃ガンであった。それも胃の底にあって、発見が遅れた。開腹したが、転移

が見られ手遅れで、そのまま閉じられた。本人は手術が行われたものと思っている。信人氏が、「文学雑誌」追悼文「二人暮らし」に書いている。

「父が末期癌だと知らされた。七月二十日のことだ。（略）夜遅くに仕事を終えて家に帰ると、父が翌日食べられるように消化のいい煮物のおかずを作った。父はいつも通り「うん、なかなかうまいもんやな」と嫌な顔一つせず食べてくれた」

信人氏は、医師から「余命三か月」と告げられた、と私たちに伝えた。東さんには知らせていない。

照明を落としたホテルの店で、私たちはソファーに深く身を沈めた。

このまま東さんには知らせないことを決めた。私たちに何が出来るか。

私は、今、東さんの著書『足立巻一』を作っていること。今年の足立巻一さんを偲ぶ「夕暮れ忌」（八月第一土曜日）で、東さんの講演が決まっていることを話した。

それではその後に、『足立巻一』の出版記念会を出来るだけ早く開こうということになった。

七月二十六日（水）、この日は「昼の会」の日。大谷晃一さんが東さんを見舞ったのだが、東さんは散髪のため外出していて、会えなかった。大谷さん帰宅後に、東さんから電話があった。『足立巻一』出版記念会のことはすでに伝えられていたが、大谷さんに「少しすずしくなってから」して欲しいと言ったという。

八月一日（火）、『足立巻一』が出来あがった。私は午後七時、病院に、『足立巻一』二十冊を届けた。病室には、中村裕子さん、畝村暁子さん（校正者）、東信人氏が居た。

八月五日（土）、午後三時からの「夕暮れ忌」に、東さんは信人氏に付き添われ、病院から神戸元町の会場（私学会館）に来た。

「九十人ほどの人。東秀三の話。東さんにふた月ぶりで会い、ふたまわり痩せているのにおどろく」（前出「日記の中の東秀三」島京子）

それでも、約四十分、足立巻一を話した。

八月二十五日（金）、「すずしくなってから」と言う東さんを、出版が古くなると押し切って、私たちは「東秀三さん『足立巻一』出版記念会」を開いた。午後六時より、新阪急ホテルで。東さんと私たちは、このホテルでいくつもの出版記念会を開いて来た。三人の息子さんたちも含め、四十一人が集まった。

東さんは、さらにやせていた。細い身体を演台で支えて立ち、挨拶した。

八月の末には、中石孝さんが、来阪したので、退院して自宅にいた東さんをいっしょに見舞った。タクシーで向かう沿道に、四、五メートルほどの丈高い緑の木が壁のように続くところがあり、その中に点在する赤い花が、目をひいた。

九月十九日(火)、東さんはいったん退院していたが、再入院した。「ものが食べられなくなった」という。病室四六六号は、個室だった。

九月二十四日(日)、午後三時三十分。東さんを見舞う。横たわる身体が激しくやせていて、目が黄色くなっている。長男重人氏と喫茶店で話す。重人氏が東京から来ていたのだ。

東さんの三人の息子は、皆マスコミ関係の仕事につき、東さんの自慢だった。長男、次男は東京にいた。

九月二十八日(木)、午後三時六分、東さんが亡くなったことを、信人氏が知らせて来た。

私は病院へ急いだ。四時十分頃着いた。

狭く細長い病室に入ると、動かなくなった東さんが長く静かに横たわっていたが、死んでいるようには思えなかった。

ベッドの横に信人氏、足の方に、姉さんが立っていた。

信人氏は、

「二時半ぐらいに、しんどいと言って、痰を取った。それでも苦しがり、看護婦さんがトイレをしてくれた。手足が冷たくなって来て、二時四十分ごろ、東京の兄重人に電話。三時六分に」

と説明した。

最期に激しく吐いたのだという。看護婦さんが今、きれいにしてくれたところだ、と言った。

そこへ、病室のドアが開けられ、大谷晃一さんがあらわれた。けげんに、部屋の中の私たちの様子を見られた。大谷さんは生きている東さんの見舞いに来たのだった。

大谷さんの追悼文「早過ぎるよ」(「文学雑誌」)。

…見舞いのつもりで個室のドアを明けると、涸沢さんがいた。沈痛な面持ちで顔をわずかに左右に振った。え、と私は色を失う。

三時六分に息を引き取ったという。一時間遅れた。ベッドのそばに立ち、東さんと対顔した。……

体を拭くために看護婦さんが来た。私たちは病室を出て、待合室に行く。各新聞社に報ずる訃報を膝の上で書き、涸沢さんに託した。


私はその後も病院に残る。車が何かと必要だろうと、中津を後から車で出た妻が、姿を見せた。病院と東さん宅への人の移動を受け持った。

妻に先立たれた東さんの家。若い三人の息子たちがする葬いごとに、何か出来ることがあればと東さん宅へ行った。

七時四十分。東京から重人氏が着いた。八時過ぎに大塚滋さんが来た。

通夜は、翌日二十九日七時から、葬儀は三十日、十一時三十分。葬儀場は、妻登志子さん葬儀と同じ、高槻典礼会館と決まった。

父が母を送ったように送りたい、と三人の息子たちは、母の時と同じ祭壇を選んだ。

この日、私は箕面の家に十一時四十分に帰っている。

翌日は八時三十分に出社。昨日、大谷さんから託された、東さんの訃報を、各社にＦＡＸ送した。

午後三時、典礼会館で、葬儀に関する打ち合わせがある。

付け加えると、妻が不思議な光景を見たというのである。

妻はひとり運転する車で、高槻の病院に向かった。茨木あたりの山辺の道は、今、豊かに稔った稲田が、黄金色に拡がっていた。

その黄金の中に、西日が当たって、一か所だけ額縁で区切られたように、さらにひときわ明るく金色に輝くところがあるのを見た。不思議な光景だった。

あれは東さんだった、と言うのである。

（「文学雑誌」89号・二〇一三年十二月）

同行者控え——三輪正道記

三輪正道死去。

二〇一八（平成三十）年一月十二日、午後三時四十分。行年六十二歳。不意打のような死。こういうことがあるのだ。

文学と酒を愛した男。一人の作家の死。

「三輪ちゃん」と仲間から親しまれた。善人であった。「悪」というのは他に対して生じるが、三輪正道に、ひとつの「悪」もなかった。

三輪正道の生涯の著作五冊を編集工房ノアで出版した。

『**泰山木の花**』。第一冊。

一九九六（平成八）年十月十日発行。

川崎彰彦（一九三三―二〇一〇）が、跋文「途中下車の精神――三輪正道君のこと」を寄せている。三輪正道がどのように私たちの前に現れたかがわかる。

> わが年少の友・三輪正道君と初めて会ったのは、三輪君によると一九八四年六月、三輪君二十八の年だという。ぼくは五十一歳だった計算になる。…とすると、ある公団に勤める三輪君が彦根を振り出しに富山、大阪と任地を変え、八尾に在住していたころ。ぼくの行きつけの大阪谷町の酒場であった。

本書の奥付、著者紹介には、

「三輪正道（みわ・まさみち）一九五五年福井県生まれ。福井工業高等専門学校卒。「山魚狗（やませみ）」「黄色い潜水艦」同人。「中野重治の会」会員」の後、神戸の住所が示されている。


福井県は鯖江市生まれ。職場名は書かれていないが「ある公団」とは「日本道路公団」で、福井高専土木科を出て就職。最初の任地は彦根で独身寮に入った。続けると、三輪君はぼくの『夜がらすの記』の読者として現れた。しばらく話すうちに三輪君が福井出身で、同郷の詩人・中野重治をこよなく敬愛していることがわかった。上林暁の愛読者らしいことも。つまり「いまどき珍しい文学青年」というのが最初に受けた印象だった。

すでに「文学青年」は時代遅れで珍しかったのだ。三輪正道は終生文学青年だったのかもしれない。

『夜がらすの記』は、一九八四（昭和五十九）年五月、編集工房ノアで発行。三輪氏が、川崎さんを訪ねたのは、発行後間無しだったことがわかる。

谷町五丁目のカウンターのみの細長い小さな酒場「すもも」（うれしの）で、川崎さんの横に座る彼が、言葉少なにボソボソと遠慮しながら話す姿が浮かぶ。

だが無口で気弱な感じの一方で、普通では考えられない行動もあった。不思議な彼の存在である。

「泰山木の花」とは、東京世田谷「渋谷からバスに乗り大蔵前で下り路地を少し入」ったところにある、中野重治邸の泰山木であった。

彼は、たまたま出張先の東京の宿のテレビで、未亡人・原泉を見て、「訪ねてみようと思」い立つ。

実は、「前に一度、一周忌の日に中野家に厚かましくもお邪魔したことがあった」。遺影に手を合わせ、すすめられるままに、そら豆でビールを呑んだ。別室には、忌日に来た水上勉、佐々木基一の姿もあった。貴重な体験となったのである。

思い立った数年後の再訪。普通の日である。それでも、お手伝いさんが顔を覚えていてくれて、迎えてくれた。この日、原泉さんに、「あんた、若いんだから、そこの屋根に上がって、この木の花を取ってくれない！」

と言われて、屋根に上がり、「長い柄の剪定バサミ」で木の白い花を切り落とす。「そんな落としかたじゃ」だめ、「なかなかうまくいかなかった」。器用ではないのだ。その花の木が泰山木であることを初めて知った。

この日もビールとそら豆が出た。女中さんが顔を覚えていたこと。夫の若い読者というだけでなく気をゆるすところが三輪正道にあったのだ。

川崎さんにも「いまどき珍しい文学青年」「すぐに親しくなり」と好かれ、私が顔を合わせるようになった時は、すでに川崎組のメンバーから、「ミワちゃん」「ちゃん」と呼ばれ親交が出来上がっている風で、私は遅れをとっていた。

三輪ちゃんは、川崎さんと会ったことで、川崎さんが主宰する「山魚狗」「黄色い潜水艦」の同人となり、十二年後、第一冊『泰山木の花』を編集工房ノアから出版した。

『酔夢行』。五年後の第二冊。

二〇〇一年十二月一日発行。

書中の「加賀温泉郷へ」（改題「酔夢行」）を、竹内和夫さんが「神戸新聞」で採り上げた評文、

「三輪正道「加賀温泉郷へ」は、母校の福井高専に講師に招かれた「ぼく」は、恩師や旧友たちと再会し、飲み歩くうちに過去の酒場の情景や怪しげなクラブでの災難などを思い浮かべる。時空を越えて想念が飛び交う酔夢行とでもいうべき短編で、北国の冷たい気流の中で温かい人肌の燗酒を求めるかのような風合いを伝える」

の、『酔夢行』を、竹内さんにことわって書名にした。

卒業後二十年、福井高専土木工学科同窓会の「先輩講座」の講師として招かれた。のは

特殊法人日本道路公団入社勤務に拠るところであろう。

彼は高専学業は五年だが六年行っている。五年生をダブった。

「五年生にはなったものの、土木工学の世界に、ぼくはもうついてはいけなかった」(「酔夢行」)、逃げるように文学に親しみ、何を血迷ったか「退学届けを出して大学の文学部」、それも「国立の一期校、二期校」を受験。世間はそんなに甘くない。「あえなく蹴られて」「ちゅうぶらりんのようだったぼくを」救ってくれたのは津郷先生だった。退学届けを保留してくれていて、留年で五年生に戻してくれた。

「ミワ君、あのとき、ぼくが君の退学届け握りつぶしたんだよ」

津郷先生はまさに恩師であり、「お情けで単位をもらって、ようやく卒業した」ぼくが、どうして道路公団の試験に合格することができたのか。内実はわからないが、彼は、この大学受験の独学で、一般テストの点数がとれたのかもしれないと言う。大学受験は失敗したが、道路公団で生かされたのだ。

「就職して三年目にして、精神の破滅(急性分裂病のような神経衰弱)を経験し、一昨年の暮れから一カ月は抑鬱状態につき自宅療養、今も抑鬱剤のお世話になってどうにか会社に通っている」状態が続いた。

初任地彦根で、「晩秋から初冬に移りかわるころ、ぼくはすでに自分が自分でなくなって」、福井のカギのかかる病院に入院、退院後、富山へ転勤となった。

酒と文学に救いを求めた。

「俺から酒を取ったら何も残らないのだ」

「今の俺には仕事より随筆の会の方が大切なのだ」

その後の転勤先、福知山や長岡京でも精神科に通い、「一カ月の自宅療養の診断」を受けるなど、何度か入院や自宅療養をくりかえす。

精神科医師と患者の関係を越えたようなことも書いている。精神状態を理解してもらいたい思いもあってだろうが、自分が書いたものを医師に渡す。その内、出版した本を贈呈すると、医師の方から、他の患者に読ませたいからと、別に買ってくれたりする。医師が書いた原稿に意見を求められることもあった。患者が書いたものを、医師に読ますなどあつかましい（求めすぎ）と思わぬでもないが、結果として嫌われてはいない。

『酔夢行』の帯文。「酒を友とし文学に親しむ／含羞であり無頼ともなる日々を／歩行の文体で綴る私小説の精髄」

本書には「まだまだ無頼の血が……」という文章もあり、彼は「無頼」のつもりでいたのか。「無頼」を気どっていたのか。

「無頼」と言えば、無頼派の作家と称せられる織田作之助、坂口安吾、太宰治、檀一雄らが思い浮かぶ。彼らと比べられるか……。

私などは晩酌は別にして、連れがないと外では呑めないが、彼は独りカウンターで、本を連れに酒を呑む。呑み歩くうち、「怪しげなクラブでの災難」に遭ったりする。無頼というより、竹内和夫の言う「酔夢行」なのだ。

川崎彰彦は、『泰山木の花』の跋文で、続けてこうも書いている。

「…この各駅停車と途中下車の精神は三輪君の人生や世界に相渉る態度を示しているだろう」

途中下車をすると、ひたすら歩く。「歩行の文体」「歩く人」でもあった。腰に万歩計を付け、一日一万五千歩以上歩いた。「無頼が万歩計を付けて歩くものか」とからかったこともある。

『酔夢行』を神戸新聞書評で「風狂とでもいうべき」と称したのは、「VIKING」この時の編集人・天野政治氏であった。

「風狂とでもいうべき、文学と旅への憧れを、衒いのない筆致で、飄々と描いている」

「無頼」より「ひょうひょう」が、彼の生き方であっただろう。

三輪氏は一時期「VIKING」の維持会員となり、例会に出席。V誌に作品発表もした。

だが『酔夢行』の反響の中で、何より彼を喜ばせたのは、坪内祐三氏が「みすず」「二〇〇一年読書アンケート」の中で、四冊の内でとりあげてくれたことであろう。坪内氏は他と共にではあるが「地味だけど十年後二十年後の再読に耐え得る（いや、たぶん、その時になって、ますます、輝きを――くすんだ輝きを――おびるはずの）好著…」と書いてくれた。彼共々、思いがけなかった。

その坪内祐三氏に、三輪正道は、「みすず」掲載から半年後の、二〇〇二年七月二十九日夜、大阪読売新聞社近くの料理屋で会うことが出来た。

昼間、坪内氏は「季刊　本とコンピュータ」の取材インタビューで、中津の「編集工房ノア」を訪れたが、夜の部で話すうち、三輪氏の話を出し電話をすると、「一時間半ぐらいで行ける」とやって来た。


『**酒中記**』。第三冊。

二〇〇五年十二月二十日発行。

書中「『五勺の酒』の縁」では、桑原武夫氏との縁が出てくる。与えられたものではなく例によって押しかけた縁である。

彦根時代三年目のことを思い出していただきたい。晩秋。

「ぼくは十枚足らずの原稿を書きあげた。それをクワバラさんに送った。狂のさなかにあった」「勝手に送りつけた原稿を返してもらいに、京都クワバラ邸に」、彦根から「押しかけた」。

勝手口には夫人が出て、主人は留守だと言うが、「もうしばらくしたら帰ってくるはずなんですが」と門前払いもされず、帰宅の時間を待って、再び訪ねる。

「玄関にあらわれたのは…いかめしい厳父のような姿の人だった」「きみ、原稿はちゃんと写しをとって送りなさい。…」と。

が、原稿の封筒を返してもらいながら、「中野重治の『五勺の酒』はどの本にはいっているのでしょうか」と一言だけ訊ねると、「厳しかった顔が一瞬、柔和になり」「…きみは同じ福井の人か」と話しかけられる。

桑原武夫も、福井生まれである。

帰り道封筒を確かめると、開けられた跡があった。読まれずとも開封し見られていることに、心をあたためる。

何年か後、桑原武夫夫人・千鶴子さんの死を新聞で知ると、桑原邸に行き、かつて接してくれた夫人を偲んでいる。

『残影の記』。第四冊。

二〇一一年十一月十四日発行。

の「あとがき」

「I（章）は、…わが哀歓の故地、湖東・彦根と故郷・越前の地に思いを馳せて連作を意識」「IIの諸編は、…関西暮らしの回顧モノともいえようか、三十年のわがジグザクとした…」「IIIは、前著に引きつづき、「大和通信」に連載したわが現在の暮らしの便り」

と解題している。

三輪正道の書くものは、つまり現在と過去を重ね合わせる。それもくりかえし時と場所を往還する。読者は同じこと、例えば初任地の彦根で精神を病むことに何度もつき合わされる。三輪正道は常に「残影」と共に旅をしている。

「記」については、彼は上林暁の『明月記』の「あとがき」を引いてことわっている。

「ぼくの作品は、小説といふよりも、なんだか「記」といふものに当るやうな気持がせぬではないのだ。…」

「上林暁のひそみにならった感もある」と自ら書き足す。「小説といふより…「記」というものに当る」ようなものなのだ。

私が、前著『酒中記』続けて『残影の記』と名付けたのは、川崎彰彦『夜がらすの記』を意識したものだが、期せずして、三輪氏の大好きな上林暁にも通じていたのだ。

三輪は上林暁を愛読し、ふらりと立ち寄るように、阿佐ケ谷の〈徳廣巌城・上林暁〉と表札のかかった「古めかしい平家で小さな家」の「板壁の横のブザー」を押す（「天沼行」『酔夢行』）。

顔をのぞかせたのが、上林の妹・睦子さんだとわかった。上がるようにすすめられ、「我ながら相手かまわずの不躾な訪問に、しばらく玄関のたたきで佇んでいたが、いまさらなにをと思いなおし靴を脱いだ」。

「我ながら」と思いながらも、睦子さんと話をして、上林の部屋もゆっくり見せてもらい、さむい日で甘酒もごちそうになり、〈五十ではきざ、六十で自在にありたい　上林暁〉

の床の間にかけられた色紙を見て帰る。徳を持っていた。

また残影といえば、「わが哀歓の故地・彦根」と書いているように、初任地の城のある町には、特に残影が濃かったようで、しばしば途中下車をし、美人ママがやっているという赤提灯の、のれんをくぐった。

うれしそうに話すので、ちょうど『残影の記』が出た時で、記念とも言って、つれて行ってもらうことになった。彦根は夜の開店に合わせるとして、どこか行きたいところはないかというので、テレビの旅番組で見たばかりの、長浜と竹生島クルーズを希望した。

この日帰り旅十二月十日のことを三輪氏は「大和通信」90号に、同伴者と行ったと書いた。

「同伴者が先ごろテレビの旅番組でみたという長浜浪漫ビールにて昼食」。彦根の店の前で「カメラをかかえた同伴者は、はいるまえに赤提灯のまえにぼくをいざなうようにしてカメラをかまえた」。文中私の名前は出てこない。編集者とも書かれない。あくまで作家三輪正道氏の「同伴者」「同行者」なのである。長浜は私の提案にかかわらずである。

以後私は、親しんで呼びかけていた三輪ちゃんに、「ぼくは、同伴者やからな」と嫌味っぽく言ったりした。

『定年記』。第五冊。

二〇一六年七月十五日発行。

三輪氏は、前年十一月誕生月末日で定年を迎えた。書名を『定年記』としたのは、鬱病から自宅療養などをくりかえし、「すまじきものは宮仕え」を口癖に何度もやめたいと思い続けながらも、ようやく定年までたどりついたことを、これまでの読者諸氏に報告したかった。少数ながら三輪氏の熱心な読者はいた。感謝の意を帯文にした。

「長年のうつ症をかかえながら／すまじき思いの宮仕え／文学と酒を友とし日暮らし、むかえた定年。／報告と感謝を込めて。極私小説の妙。第5集。」

「極私小説」が三輪正道の文学だと思った。

本書の「あとがき」でも、彼は上林暁の文章に結びつけている。上林の第一創作集『薔薇盗人』の「あとがき」に記されているという。

「私がこれらの作品で志したことは、覚束ないながら「人生記録」であった。痛烈骨を刺す「人間記録」は私の能くするところでない。漠然とした人生を描くのが私の精いっぱいのところだ。…」

三輪正道の人生記録をかみしめたい。

三輪ちゃんが、自身の体調の変化に気づいたのは、定年二年後の昨秋（二〇一七年）十月八日の酒であった。

それまで日本道路公園（二〇〇五年分割民営化）在職中の定期健診の数値は常に良好で、一日一万五千歩以上を歩き、健康体だと思っていた。

定年後、長男であることから、高齢の両親の世話をするため、実家の鯖江と神戸の半々の生活をした。

以前から福井の「中野重治の会」に入っていたことから定道明氏と親しくなり、定氏が主宰する散文学（同人）誌「青磁」のメンバーとなった。福井へ帰ると定氏と会う機会が増えた。この日定邸で昼酒となった。

「定邸での飲酒（熱燗三合＋ドブロク）で、かなりの泥酔となり」（私への手紙）

また電話では、この日を期に、もう呑みたいと思わなくなった。

「山田（稔）さんの『生命の酒樽』を読み返しました」

一生分の酒を呑んでしまったらしい、と言った。

「三輪ちゃん、ぼくは他人の分まで呑んでいるからな」ととまどいながら軽口で返した。

十二月二日は、東京で行われた「中野重治の会」主催、没後三十八年「研究と講演の会」で、三人の講師のうちの一人として呼ばれ、「『わが国わが国びと』を読んで」の研究発表をした。大きく三輪正道の名前が入った縦長のポスターを送ってきたので、ノアの壁に貼った。丸岡中野重治記念館での中野の会でも最近話すことが増えていたらしいが、あまり上手な講師ではなかった、それもせいぜい二十分ぐらいの話と伝え聞いていた、がこの日は四十分も話したと言った。

帰神後、神戸医療センターで検査を受け、胃ガンが見つかった。余命一年と宣告されたと言うのである。電話で後は手紙に書きますと言い、
十二月九日、「独立行政法人国立病院機構神戸医療センタ—、5F西病棟にて」と但し書きした手紙を、十一日受け取った。

どんな気持（思い）で、「独立—」云々と書いたのだろう。以下、私信を開くことを許されたい。

「八日（金）、プラス指向で主治医の診断結果を、フキ、息子と聞いたのですが、（略）

胃のカイヨウはガン細胞、ＣＴ断層写真では、肝転移、リンパ節転移、腹膜転移があるという診断結果。したがって胃全摘出はできない」と医師から受けた説明を書く。フキ、は妻富喜子さん。

「(胃カイヨウ、食欲不振などの症状処置)の二十四時間点滴、きのう昼から重湯、きょう朝食は3分粥となり、点滴も八時間一本になり、歩行が自由になったしだいです」

「痛みとかは何もなく有りがたいのですが、何しろ胃ガン・ステージ四ということなので、このまま何もしなければ余命一年(今のＱＯＬを維持できるのは半年内外か?)何か延命治療があればと神戸大学病院にセカンドオピニオンをもとめに行くという今後の予定です」

「きのう主治医の説明が終ったあと、二人はぼく以上に打ちひしがれたようにみえたものの、病室にもどると、息子が「あとは、おとうさんには書くことしかないやろ!」それでガンの増殖をおさえて、一年、もう一年と生きて、「心美(ここみ)の小学生の姿を見てほしい」と(孫娘は今春四つで、あと三年、なんとも…)

　こうなった以上は、ぼくも残りすくない時間を書くことでしのいでいく覚悟でしたが、ぼくの書いたものなど読んだこともないはずの息子の一言にぐっときたのでした」

「今週末、退院予定で、年内に「大和通信」108号の残りを拙文でうめ仕上げ、年末から「海鳴り30」、「青磁38」（〆切二月末）に注力をかたむける、なによりの愉しみ（？）が、待っている新年です」

と最後は、愉しみな新年とまで書いている。

さらに追伸として、「山田（稔）さんの新刊はいつごろになりそうですか？」と付け加えている。

後の神大病院のセカンドオピニオンも結果は同じで、病院は検査のみで退院した。

「山田さんの新刊」とは、中に、山田さんの友人・松尾尊兊（たかよし）氏が中野重治にたのまれて京都で原稿用紙を作り、没後残ったのをゆずり受けたのを、縁あって三輪氏が一冊もらう、三輪氏が中野用原稿用紙を便箋がわりに使って山田さんに手紙を出した。六枚が山田さんの手元にあるというめぐり合わせを書いた「形見分け」が収録されることを、伝えていた。

「一度会おう」と私は電話で言い、十二月二十二日、神戸名谷にある三輪宅へ行った。家は五階建て集合住宅の五階にあり、階段の上り下りが出来ないという。すでにそんなになっているのか。

五階の部屋からは海の方向の見晴らしもよく、明るい午後の陽が射し込んでいた。

三輪ちゃんはソファーに座り、私はテーブルがわりに置かれたホーム炬燵の敷物に座った。

少し痩せてはいたが、小一時間普通にこれまでの続きの話をした。息子が言ったように、読むこと書くことで……としか言えなかった。

話している時、たまたま定道明氏から電話があり、笑顔を見せた。

昨日、息子の嫁が、ひとりで東京へ行き、もらってきた丸山ワクチンを医師が投与に来る、と聞いて、辞した。握手はしなかった。「三輪ちゃん、また、な」

その後、どうしているかと思った。二度思いきってかけた携帯電話は閉じられていた。年を越えた一月十二日、午前十一時半頃、突き上げる思いがあって、固定電話へかけた。富喜子さんが出た。「良くないのです」と言う。声が力なくよく聞きとれない。この時医師が治療に来ていたという。

午後一時半頃、容態急変。救急車を呼び、神戸医療センターへ。

午後三時四十分。「彼の命が、ふうとむこうへ行ってしまったのです」と富喜子さん。業者の車で妻と息子に付き添われ、夜の雪道を鯖江へ帰る。

鯖江は三日前からの積雪。十四日通夜。

式場の祭壇には写真の前に、五冊の著書が並べられた。高専恩師渡辺（津郷）先生と共に同窓生の姿もあった。

翌朝の葬儀では、定道明氏が弔辞で「三輪さん」と呼びかけた。

最後の別れでは、一人ひとりが三輪正道の口唇に酒を含ませた。

柩の中、痩せてはいたが病みおとろえた感じはなく、ねむっているようにも見えた。充分若さが残っていた。「六十の自在」はわずかに二年しかなかった。

「ぶんがくがすき」「酒がすき」、すまじきものは宮仕えと言いながら、読むこと書くことを習慣とし、五冊の著書を残していった男の顔、を改めて見た。作家の顔をしていると思った。

私はいま、何も終わるものはないと思っている。

三輪正道『定年記』の「あとがき」の最後の行。

「ことしも、もうすぐ泰山木の花に出逢える季節になる。」

（「海鳴り」30号・二〇一八年五月）

永遠の三輪正道

三輪正道氏の生地であり実家がある、福井県鯖江に、彼に連れられて旅をしたことがある。

二〇一二年五月十二日朝、大阪駅で待ち合わせ、サンダーバードに乗車。普段なら彼は普通列車の乗り継ぎの旅を、酒と読書で楽しむのだが、私に合わせたサービスなのだ。

鯖江十一時着。駅には三輪氏の御両親が車で待っていてくれた。車中そんなことは一言も聞かされていなかったので、とまどった。

車を運転するお父さんだけではなく、助手席にはお母さんもいた。「あれ」と思ったのは、小柄でおだやかな表情のお父さんの端整なお顔だった。

時間的にまず腹ごしらえか、息子と父は、何やら言葉を交わし、私には方向もどのあたりかもわからなかったが、町からは離れた名店らしいそば屋に案内された。

名物おろしそばを食べた後、和紙の里へ。紙祖の神社、紙の文化博物館、越前和紙を漉いているところなどを見学する間は、御両親は車の中で待っていてくれた。

事前に行きたいところを聞かれ、私は一乗谷を希望していた。

車は山道を走り、一乗谷に下りる前に、佐々木小次郎が厳流を生み出したという修行の滝・一乗滝に寄った。山田のある道を登った木立の間から水流がなだれ落ちていた。ここはお父さんも来たので、滝を背に親子の写真を撮った。

一乗谷。織田信長によって滅ぼされた朝倉氏五代の栄華の跡は、長く土の下に埋もれたままであったが、今は発掘され整えられていることを最近私は知った。

遺跡の里は、わずかに復原した町並みもあったが、全体は建物はない平地で、他は庭石のみが露出している庭園跡などを、登ったり降りたり、二人で散策した。

谷合いを出て、遺跡資料館を見た後、休憩。

資料館の前庭でお母さんが漬けたという漬物をあてに三輪氏持参の酒をくみかわす。彼は母の漬物に安らぐ何とも言えない表情をした。御両親とはここでわかれた。

私たちは越美北線の一乗谷駅へ向かって歩く。田畑が拡がっている。山側の寺院跡に丈の高い石仏群があるのも見た。すべてが滅んだ後の幾星霜の風景であった。

前方に水が張られたまさに田植えが始まろうとする田んぼの中に、ぽつんと待合所の建物のみの無人の駅が見えた。私たちはたわむれの気分もあって、近道となる線路をあるいた。「線路は続くよ、どこまでも…」。

線路を歩く三輪正道の姿を写真に撮った。不思議に絵になった。私は「午後三時三十六分」とメモしている。

良く晴れて、水張田に光が映え、木々や空を映している。

やがて来る列車で福井駅に行き、定道明さんと逢うことになっている。

（「青磁」38号・二〇一八年四月）

*

編集工房ノア略年史——二〇〇六〜二〇一八

●二〇〇六（平成十八）年

七月十五日、『五風十雨——京の塗師屋ものがたり』川浪春香著、発行。

九月七日、『詩と生きるかたち』杉山平一著、発行。

十月十七日、『天野忠随筆選』山田稔選（ノアコレクション8）発行。

十一月一日、『物・もの・思惟』森哲弥詩集、発行。

十二月二十日、『大工の神様』青地久恵著、発行。

十二月二十日、『天女をみた』谷口弘子著、発行。

●二〇〇七（平成十九）年

一月十九日、第二十二回梓会出版文化賞特別賞受賞、贈呈式。選考委員、植田康夫・上野千鶴子・小原秀雄・木田元・斎藤美奈子。

三月二十七日、『幸せな群島——同人雑誌五十年』竹内和夫著、発行。

四月二十三日、『臘梅の記——大槻鉄男先生のこと』林ヒロシ著（装幀・阿部慎蔵）発行。

七月二十五日、『猫座まで』春名純子詩集、発行。

八月一日、『飲食』中西弘貴詩集、発行。第十九回富田砕花賞受賞。

八月十日、『谷やんの海』有光利平著、『トンボ海底をゆく』(十月)、発行。

九月一日、『内海信之――花と反戦の詩人』安水稔和著、発行。

九月二十日、『魚が話すとき』佐伯敏光著、発行。

十二月一日、『書いたものは残る――忘れ得ぬ人々』島京子著、発行。
●二〇〇八(平成二十)年
一月十四日、『特別な一日――読書漫録』山田稔著(ノアコレクション9)発行。

二月一日、『織(お)る・創(つく)る・着(き)る+(プラス)』現代手織協会・城としはる著、発行。

二月二日、木辺弘児氏死去、七十六歳。

三月一日、『日本人の原郷・熊野を歩く』伊勢田史郎著、発行。

五月一日、『火用心』杉本秀太郎著(ノア叢書15、装幀・望月通陽)発行。

六月一日、『家路』黒田徹詩集(跋文・ワサブロー)発行。

六月十日、『希望よあなたに――塔和子詩選集』編者、川崎正明、長瀬春代、石塚明子。文庫判。六十篇収録。

六月十日、『働く人の災害食――神戸からの伝言』奥田和子著、発行。

七月一日、『富士さんとわたし――手紙を読む』山田稔著(装幀・平野甲賀)発行。

七月一日、『養父伝』有光利平著、発行。

八月一日、『鳶(とんび)』(続吉野川)枡谷優著、発行。

十月一日、『ダーウィン十七世』森哲弥詩集、発行。

十月一日、『久遠(くどう)』安水稔和詩集(菅江真澄追跡)発行。

十二月一日、『はてなし山脈』竹中正著（紀州熊野小説集）発行。

十二月六日、『わたしが失ったのは』島田陽子詩集、発行。

十二月十九日、『三角屋根の古い家』庄野至著、発行。

●二〇〇九（平成二十一）年

一月二十四日、『リレハンメルの灯』宮川芙美子著、発行。

二月十一日、『地名論』森川慶一詩集、発行。

三月三十日、『刻(こく)を紡(つむ)ぐ』山田英子著、発行。

六月一日、『中平美津子の十三夜——高知・紫(ゆかり)花(はな)人形作家の生涯』岡野初枝著、発行。

七月一日、『ミカン水の歌』森榮枝著、発行。

七月十七日、『アダンの花』池間久志著、発行。

七月二十日、『水の誘い　海辺の怪異』橘正典著、発行。

七月二十七日、『正之の老後設計』三田地智著、（帯文・島京子）発行。

七月二十七日、『告白の海』柏木薫著、発行。

八月三十一日、『宗助の出家』望月廣次郎著、発行。

九月一日、『楽市楽談』三井葉子編著（詩誌「楽市」座談集）発行。

九月七日、『21世紀のオルフェ——ジャン・コクトオ物語』三木英治著（生誕１２０年記念出版）発行。

十月一日、『未来の記憶——菅江真澄同行』安水稔和著（真澄の本４）発行。

十月一日、『歌舞伎よりどりみどり』川浪春香著（装画・川浪進）発行。

十一月一日、『棚の上のボストンバッグ』瀬戸みゆう著、発行。第19回日本自費出版文化賞小説部門受賞。

十一月二日、『巡航船』杉山平一著（「ミラボー橋」に以後の詩散文収録。序文・三好達治）発行。

十二月一日、『ザシキワラシ考』萩原隆著（帯文・辻井喬）発行。

●二〇一〇（平成二十二）年

一月五日、『聖週間』望月宏三郎詩集、発行。

一月二十二日、『運に乾杯』山田弘著（序文・島京子、装幀画・元永定正）発行。

二月四日、川崎彰彦氏死去。七十六歳。以後四月、偲ぶ会「夜がらす忌」開催。

三月一日、『ひかりの抱擁』安水稔和詩集、発行。

三月一日、『念我状』板並道雄詩集、発行。

三月八日、『天野忠さんの歩み』河野仁昭著（天野忠筆「自画像」他書影・図版多数）発行。

三月二十七日、『白樺』直木孝次郎歌集、発行。

四月一日、『雲の上の寺』楢崎秀子著（序文・伊勢田史郎）発行。

四月四日、大野新氏死去、八十二歳。

四月三十日、『幻影に魅せられて――ロレンスとコンラッド』笹江修著、発行。

六月一日、『杉山平一　青をめざして』安水稔和著、発行。

六月十八日、『ゴールドラッシュの恋人たち――西部開拓年代誌1』天野元著（A五判・九八六頁）発行。

六月三十日、『黄昏のスワンの不安』葉山郁生著、発行。

八月一日、『穣治君への手紙――くるま椅子の詩人の青春』高橋夏男著、発行。

八月一日、『光る澪（みお）　テニアン島II』工藤恵美子詩集（跋文・安水稔和）発行。

十月十七日、『マビヨン通りの店』山田稔著（装幀画・野見山暁治）発行。

十一月十四日、『飴色の窓』野元正著（第3回神戸エルマール文学賞受賞作収録）発行。

●二〇一一（平成二十三）年

二月一日、『遊戯論（ゆげろん）』鈴木漠詩集、発行。

二月十五日、『異人さんの讃美歌』庄野至著、発行。

四月一日、『昆虫記』林堂一詩集。第10回現代ポイエーシス賞受賞。

四月十八日、島田陽子さん死去。八十一歳。

四月二十三日、宗秋月さん死去。六十六歳。

四月三十日、『空を舞う手』中島妙子著、発行。

五月一日、『轣轆帖（れきろくてふ）』海市の会・代表鈴木漠編著連句集、発行。

七月七日、『エッセイストとしての子規』永田圭介著、発行。

八月十五日、『象の消えた動物園——同時代批評』（2005〜2011）鶴見俊輔著（装幀画・須田剋太）発行。

九月一日、『その日の久坂葉子』柏木薫著、発行。

九月十五日、『えんまさん』火箱ひろ句集、発行。

十一日二日、『希望』杉山平一詩集、発行。第30回現代詩人賞受賞。

十一月十四日、『残影の記』三輪正道著、発行。

十二月一日、『夢のなかで』古家晶詩集、発行。

十二月七日、『衝海町（つくみまち）』神盛敬一著（第4回神戸エルマール文学賞受賞作収録）発行。

十二月十三日、『母と餡パンと学童疎開』青木民男著、発行。

十二月二十五日、『詩とは何か』宮田小夜子著、発行。第36回とくしま出版文化賞特別賞受賞、出版社も表彰を受ける。

十二月から'12一月まで、東京堂書店にて、編集工房ノアフェア開催。

●二〇一二（平成二十四）年

二月五日、土井陽子さん死去。七十七歳。

二月二十日、河野仁昭氏死去、八十二歳。

三月一日、『海のうえの虹』伊勢田史郎詩集、発行。

三月一日、『こんにちは香港』西川京子著、発行。

三月一日、『舌の町』服部龍治著、発行。

三月二十一日、和田英子さん死去、八十五歳。

五月一日、『広場の見える窓』天野律子著、発行。

五月五日、『黒潮の歌』和田浩明著、発行。

五月十九日、杉山平一氏死去。九十七歳。

六月一日、『輝くいのち　百二歳』富安長輝詩集、発行。

六月一日、『コーマルタン界隈』山田稔著（一九八一年度芸術選奨文部大臣賞受賞作、装画野見山暁治）発行。

六月一日、『花贄（はなにえ）』中島妙子著、発行。

七月七日、『麦わら帽子』森榮枝著、発行。

八月一日、『迦陵頻（かりょうびん）のように』泉りょう著（第5回神戸エルマール文学賞佳作受賞作収録）発行。

八月三十一日、『オルガン』江口節詩集、発行。

第24回富田砕花賞受賞。

九月一日、『雁帰る』池間久志著、発行。

九月一日、『表象』永井章子詩集、発行。

九月五日、『ユウ』田中昌雄詩集、発行。

九月二十五日、『八月』澤村秀子句集、発行。

十月一日、『縁を育む――養子縁組親子の道のり』髙月波子、内田郁子（装画も）著、発行。

十一月十日、『フォークナー『八月の光』の国へ』橘正典著、発行。

十二月一日、『紫式部なんか怖くない』安水稔和著（舞台のための作品集、装画・中西勝）発行。

十二月十五日、『インディゴの空』島田勢津子著（第3回神戸エルマール文学賞佳作受賞作収録）発行。

●二〇一三（平成二十五）年

三月一日、『私の森鷗外・高瀬川』中川芳子著、発行。

三月一日、『うつし世を縢(かが)る』たかぎたかよし詩集、発行。

三月十五日、『彩雲』伊東貴之著、発行。

四月一日、『鳥の領土』安水稔和著（ラジオのための作品集、装画・中西勝）発行。

五月十三日、『猫をはこぶ』伊良子序(はじめ)著、発行。

五月二十三日、植村修氏死去、八十二歳。

六月十六日、『イージス艦がやって来る』森口透著（第4回神戸エルマール文学賞佳作受賞作収録）発行。

七月七日、『渡部兼直全詩集1』A五判、七〇八頁、発行。

七月十三日、『漂遊の谺(こだま)』仁科源一詩集、発行。

八月二十八日、塔和子さん死去。八十三歳。

九月一日、『私の思い出ホテル』庄野至著、発行。

九月一日、『ぼくの宝は足と友』渡利真著（第33回大阪文学学校賞受賞）発行。

十月一日、『半跏思惟(はんかしい)』苗村吉昭詩集、発行。

十月一日、『マゼランの奴僕』永田圭介著、発行。

十月十日、枡谷優氏死去。八十九歳。

十月三十一日、『記憶の目印』安水稔和詩集、発行。

十一月一日、『じいさん　ばあさん——詩とうたと自伝』島田陽子遺稿集（装画・山中現）発行。

十一月一日、『ブルターニュの空』植田多江子著、発行。

十二月五日、『京のほそみち——あるきまひょうたいまひょ』白川淑著、発行。

十二月二十五日、『より添って——認知症の人々と共に』橋本篤詩集、発行。

●二〇一四（平成二十六）年

一月二日、三井葉子さん死去、七十八歳。

一月十日、『余生返上』大谷晃一著（装幀画・庄野英二）発行。

二月一日、『滅紫帖』海市の会・代表鈴木漠編著、連句集、発行。

三月一日、『新おもちゃによる療育レッスン——発達障がい児のおもちゃ遊びと保育実践』辻井正著、発行。

三月十九日、『翻歌盗綺譚』米満英男著、発行。

三月三十一日、『赤い木の馬』武部治代著、発行。

四月二十日、『雷の子』島京子著（第54回芥川賞候補作「渇不飲盗泉水」収録）発行。

四月二十三日、『青あらし』林ヒロシ詩集（装幀・阿部慎蔵）発行。

五月二十五日、大谷晃一氏死去。九十歳。

六月一日、『源郷のアジア——インド・中国雲南・マレーシア3紀行』佐伯敏光著、発行。

六月一日、『生命（いのち）』田中清光詩集、発行。

七月一日、『夏木』渡辺夏代句集、発行。

八月一日、『幻境棲息少年』森哲弥詩集、発行。

八月十五日、『善意通訳』田中ひな子著（第55回直木賞候補作収録）発行。

九月一日、『夢みる波の』舟山逸子詩集、発行。

九月一日、『続続鈴木漠詩集』（正・続審美社刊）発行。

九月九日、『駝鳥の卵』杉本秀太郎（唯一の）詩集、発行。

十月一日、『くちびるのかたち』いのせまりえ詩集、発行。第19回日本自費出版文化賞詩歌部門受賞。

十月二十日、『有珠』安水稔和詩集、発行。

十一月一日、『草の花』舟山逸子著、発行。

十一月一日、『川の畔で』木村三千子詩集、発行。

十一月一日、『湖北』山本美代子詩集、発行。

十二月一日、『漂着』松田伊三郎著、発行。
●二〇一五（平成二十七）年
一月十七日、『春よ　めぐれ』安水稔和詩集（阪神・淡路大震災20年）文庫判、発行。

三月一日、『今しかおへん――篆刻の家「鮟鱇屈」』川浪春香著（題字印影・水野恵、装画・中村帆蓬）発行。

三月一日、『恋するひじりたち』島雄著、発行。第20回日本自費出版文化賞特別賞受賞。

三月一日、『亜那鳥さん』森榮枝著、発行。

三月二十日、『詩と小説の学校――大阪文学学校講演集』辻井喬、小池昌代、谷川俊太郎、北川透、髙村薫、有栖川有栖、中沢けい、奈良美那、朝井まかて、姜尚中。（開校60年記念出版）発行。

四月十日、『八十路の初詣』楢崎秀子著（序文・野元正）発行。

五月一日、『渡部兼直全詩集2』（A五判、七九〇頁）発行。

五月五日、津田清子さん死去、九十四歳。

五月十五日、『夫の居る家』瀬戸みゆう著、発行。

五月二十七日、杉本秀太郎氏死去、八十四歳。

六月十日、『泳ぐひと――ただひとすじの線(ライン)』森實啓子詩集（帯文・以倉紘平）発行。

七月一日、『せんば――在りし日の面影』泉冨士子詩集（帯文・以倉紘平）発行。

七月七日、『水の旋律』岩堀純子詩集、発行。

七月十五日、『うずくまる光』天野律子著、発行。

七月十八日、『天野さんの傘』山田稔著（装幀・林哲夫）発行。

七月二十日、伊勢田史郎氏死去、八十六歳。

七月二十日、鶴見俊輔氏死去、九十三歳。

十月一日、『夢中夢』苗村吉昭詩集、発行。

十月十五日、『厨房に棲む異人たち』中西弘貴詩集、発行。

十二月一日、『刻のアラベスク』山田英子著、発行。

十二月一日、『晩夏に』北村順子著、発行。

十二月十日、『英国の贈物』河崎良二著、発行。

十二月二十日、『わが魂の「罪と罰」読書ノート』坂根武著、発行。第34回黒川録朗賞受賞。

●二〇一六（平成二十八）年

一月五日、三島佑一氏死去、八十七歳。

二月十日、『かかわらなければ路傍の人――塔和子の詩の世界』川崎正明著、発行。（装画・岡芙三子）

三月一日、『からだかなしむひと』沢田敏子詩集、発行。

四月一日、『連句茶話』鈴木漠著（帯文・高橋睦郎）発行。

四月一日、『詩人たちの敗戦』荒井とみよ著、発行。

五月一日、『花冷』渡部兼直詩集、発行。

五月一日、『杉堂通信』定道明著、発行。

六月一日、『ふらけ』舟生芳美著、発行。

七月十五日、『定年記』三輪正道著、発行。

八月一日、『へんろみち――お四国遍路だより』あいちあきら著（帯文・小沢信男、装幀・粟津謙太郎）発行。**第20回日本自費出版文化賞エッセー部門受賞。**

八月一日、『ゆめのうしろ――レビー小体型認知症の患者』藤木明子著、発行。

八月九日、『ロザリオの空――駆けぬけた青春の記』水島瞳著、発行。

八月十五日、『隣の隣は隣――神戸　わが街（大震災から21年）』安水稔和著、発行。

八月二十二日、真継伸彦氏死去、八十四歳。

九月一日、『帰郷　早春の山ゆり』風呂井まゆみ詩集、発行。

九月一日、『アオキ』神尾和寿詩集、発行。

九月十三日、北原文雄氏死去、七十一歳。

十月一日、『またで散りゆく――岩本栄之助と中央公会堂』伊勢田史郎遺稿集、発行。

十月十五日、『どこでも小径――認知症回診日録』橋本篤詩集、発行。

十一月二十六日、『寒さの夏は』錺雅代著、発行。

十二月二十八日、辻井正氏死去。七十六歳。

●二〇一七（平成二十九）年

一月三十日、木村重信氏死去、九十一歳。

二月一日、『アララ』平塚景堂著、発行。

二月一日、『風を入れる』定道明著、発行。

三月一日、『空ものがたり』佐伯圭子詩集、発行。

三月十五日、ジュンク堂大阪本店・編集工房ノアコーナーを閉じる。二〇〇〇年から約十七年間続いた。

四月一日、『Ｈｏｍｅ　Ｏｍ』Ｊｅｆｆｒｅｙ　Ｈｅｒｒｉｃｋ詩集、発行。

四月一日、『甦る』安水稔和詩集、発行。

四月十五日、『晴天の車窓』松田伊三郎詩集、発行。

四月二十九日、『ムーブメント―花―』鈴木賀恵詩集、発行。

六月十八日、竹内和夫氏死去、八十三歳。

六月二十五日、『飛翔』太田よを子句集、発行。

六月三十日、『おはよう』荻野優子詩集、発行。

七月一日、『また会える、きっと』西出郁代著、発行。

八月一日、『四季のひかり』苗村和正詩集、発行。

八月三日、『ばら　ササユリ』長尾佳枝詩集、発行。

九月十九日、『桃谷容子全詩集』（既刊三詩集、小説、エッセイ、追悼文、年譜収録。編集、以倉紘平、「アリゼ」メンバーの協力を得る。装幀画・庄野英二、装幀・森本良成。Ａ五判、五三四頁、函装）発行。

九月二十八日、『遅れ時代の詩人――編集工房ノア著者追悼記』涸沢純平著（帯文・川上賢一）発行。

十月一日、『唄ふ浮世絵』渡部兼直詩集、発行。

十月十日、『白骨草』川上明日夫詩集、発行。

十月二十一日、庄野至氏死去、八十八歳。

十一月一日、『水の羽』吉井淑詩集、発行。

十二月一日、『命の河』藤山増昭詩集（帯文・以倉紘平、装画・吉永裕）発行。

十二月十五日、『夢の通い路』水野あゆち著、発行。

十二月二十日、『駅に着くとサーラの木があった』以倉紘平（乗物）選詩集、発行。

二〇一八（平成三十）年
一月十二日、三輪正道氏死去、六十二歳。

一月二十二日、『待ち合わせ』赤井宏之詩集（装画装幀・松田彰）発行。

二月一日、『外出』定道明著（装画・若林朋美）発行。

二月五日、天野政治氏死去、八十七歳。

三月二十六日、『風にのる日々』伊藤志のぶ著、発行。

六月一日、『こないだ』山田稔著（表紙布装・角背＝著者意匠／装幀・森本良成）発行。

六月三日、『K先生への手紙』福本信子著、発行。

七月一日、『城』徳弘純全句集、発行。吟遊俳句賞二〇一八受賞。

七月一日、『死にとうなかったひじりたち』島雄著、発行。

七月一日、『気まぐれなペン―「アリゼ」船便り』以倉紘平著、発行。

八月十五日、『菜の花の駅』河﨑洋充詩集、発行。

九月一日、『サ・ブ・ラ、此の岸で』沢田敏子詩集、発行。

九月二十八日、『やちまたの人―編集工房ノア著者追悼記続』涸沢純平著（帯文・山田稔）発行。

十月一日、『窓景　サインポール讃歌』日高滋詩集、発行。

十月一日、『遠い蛍』以倉紘平詩集（装画・伊藤尚子、装幀・森本良成）発行。

あとがき

ここまで読んでくると、われながら息苦しい。申し訳ありません。足立巻一さんが書名にしようとした「破れかぶれ」の思いです。

また私は、前著『遅れ時計の詩人』で、港野喜代子さんの没年を六十二歳と書いて来ましたが、正しくは六十三歳で、「勘違い」「思い込み」もともなっています。

天野忠名人のように、「むかしという言葉に／柔和だねえ／そして軽い……」(「私有地」)とは、ほど遠い。ただ天野さんは、自らをおとしめる必要はない、と教えた。

山田稔さんに、著者と出版者の関係でありながら、あえて帯文を、おねだりした。

今日、八月十四日は、足立さんの命日。その年齢七十二歳に、私は九月なる。

著者追悼と共に、亡くなられたノアの熱心な読者の方々のお名前も次々浮かぶ。

すべての「やちまた」に感謝申し上げます。

二〇一八年八月十四日　　涸沢純平

涸沢純平（からさわ・じゅんぺい）
1946年、京都府舞鶴市生まれ。
1975年、編集工房ノア創設。
1985年、大阪市第２回咲くやこの花賞受賞。
1986年、『続天野忠詩集』にて第40回毎日出版文化賞受賞。
2007年、第22回梓会出版文化賞特別賞受賞。
2017年、『遅れ時計の詩人―編集工房ノア著者追悼記』出版。

やちまたの人（ひと）
――編集工房ノア著者追悼記続
二〇一八年九月二十八日発行
著　者　涸沢純平
発行者　小西敬子
発行所　株式会社編集工房ノア
〒五三一―〇〇七一
大阪市北区中津三―一七―五
電話〇六（六三七三）三六四一
FAX〇六（六三七三）三六四二
振替〇〇九四〇―七―三〇六四五七
組版　株式会社四国写研
印刷製本　亜細亜印刷株式会社

ISBN978-4-89271-282-1

遅れ時計の詩人
涸沢純平

編集工房ノア著者追悼記 大阪淀川のほとり中津路地裏の出版社。本づくり、出会いの記録。港野喜代子、清水正一、天野忠、富士正晴他。 二〇〇〇円

象の消えた動物園
鶴見俊輔

私の目標は、平和をめざして、もうろくするということです。もっとひろく、しなやかに、多元に開く。2005〜2011最新時代批評集成。 二五〇〇円

再読
鶴見俊輔

〔**ノア叢書13**〕零歳から自分を悪人だと思っていたことが読書の原動力だった、という著者の読書による形成。『カラマーゾフの兄弟』他。 一八二五円

家の中の広場
鶴見俊輔

能力に違いのあるものが相手を助けようという気組みが生じる時、家らしい間柄が生まれる。どう生きるか、どんな社会がいいかを問う。 二〇〇〇円

夜がらすの記
川崎彰彦

売れない小説家の私は、妻子と別居、学生アパートで文筆と酒の日々を送る。ついには脳内出血で倒れるまでを描く連作短篇集。（品切） 一八〇〇円

冬晴れ
川崎彰彦

軍医であった父は失意を回復しないまま晩年を送り、雪模様の日に死んだ。「冬晴れ」ほか著者の二十二年間の陰影深い短篇集。 一六五〇円

表示は本体価格

こないだ　山田稔
楽しかった「こないだ」、四、五十年も前の「こないだ」について、時間を共にした、あの人この人について書き綴る。この世に呼ぶ文の芸。二〇〇〇円

天野さんの傘　山田稔
生島遼一、伊吹武彦、天野忠、富士正晴、松尾尊兊、師と友、忘れ得ぬ人々、想い出の数々、ひとり残された私が、記憶の底を掘返している。二〇〇〇円

マビヨン通りの店　山田稔
ついに時めくことのなかった作家たち、敬愛する師と先輩によせるさまざまな思い――〈死者をこの世に呼びもどす〉ことにはげむ文のわざ。二〇〇〇円

コーマルタン界隈　山田稔
パリ街裏のたたずまい、さまざまな住人たち。孤独を影のようにひきながら暮らす異邦の人々、異邦の私。街と人が息づく時のささやき。二〇〇〇円

八十二歳のガールフレンド　山田稔
思い出すとは、呼びもどすこと。すぎ去った人々が、想像のたそがれのなかに、ひっそりと生きはじめる。渚の波のように心をひたす散文集。一九〇〇円

北園町九十三番地　山田稔
天野忠さんのこと――エスプリにみちたユーモア。ユーモアにくるまれた辛辣さ。巧みの詩人、天野忠の世界を、散歩の距離で描き絶妙。一九〇〇円

余生返上 大谷晃一

「私の悲嘆と立ち直りを容赦なく描いて見よう」。徹底した取材追求で、独自の評伝文学を築いた著者が、妻の死、自らの90歳に取材する。 二〇〇〇円

大阪学文学編 大谷晃一

西鶴、近松から、梶井基次郎、織田作之助…大阪文学に流れ続けているもの、大阪人の複雑な人間像の深みをとらえる文学の系譜。 二〇〇〇円

大阪学余聞 大谷晃一

ベストセラー『大阪学』養分編。奥深い文学の形成から、大阪人気質、才覚の大阪商法、わが町大阪。大阪の街は活気に満ち、人懐かしい。 二〇〇〇円

わが町大阪 大谷晃一

徹底して大阪の町、作家を描いてきた著者の、私が住んだ町を通して描く惜愛の大阪。血の通った大阪地誌。戦前・戦中・戦後の時代の変転。 一九〇〇円

表彰の果て 大谷晃一

織田作之助の姉の一生、白崎礼三の29歳の死、武田麟太郎の不明とされた母方の追跡ほか、織田作之助、武田麟太郎をめぐる人々を精緻に描く。 一八〇〇円

鷗外、屈辱に死す 大谷晃一

〈ノアコレクション・3〉文豪鷗外の、屈辱とは何か。遺書への疑念から、全生涯をたどり、仮面の内奥に分け入る。関係年譜を付す、定本版。 一八〇〇円

佐久の佐藤春夫　庄野英二

佐藤春夫先生について直接知っていることだけを書きとめておきたい——戦地ジャワでの出会いから、大詩人の人間像。　一七九六円

徐福の目はり寿司　庄野英二

紀州漁民のオーストラリアへの移民譚が、徐福の不老不死の島へと展開。現実と幻想が溶け合う独特の世界。絶筆「モラエスその他」併載。　二〇〇〇円

庄野英二自選短篇童話集

一九四九年から八三年の三十四年間の作品から自選した二十篇。自然と人の美しさを端正に描くなかに深い味わいが交響する作品集。　二二〇〇円

足立巻一　東秀三

ストイックなまでに意見の類を抑さえ、足立の言葉で語らせる。足立の仕事が人生の必然から生まれた事を納得させられる（神戸新聞評）。　一九四二円

神戸　東秀三

神戸に生まれ育った著者が、灘五郷から明石まで、神戸を歩く。街と人、歴史風景、さまざまな著者の思いが交錯する。神戸っ子の神戸紀行。　一八二五円

大阪文学地図　東秀三

大阪の作家の書いた作品、大阪を舞台にした作品、大阪にかかわりのある作品、一五〇編を、町と共にとりあげる大阪文学案内。　二〇〇〇円

定年記

三輪正道

長年のうつ症をかかえながら、すまじき思いの宮仕え。文学と酒を友とし日暮らし、むかえた定年。報告と感謝を込めて、極私小説の妙。

二〇〇〇円

残影の記

三輪正道

福井、富山、湖国、京都、大阪、神戸、すまじき思いの宮仕えの転地を、文学と酒を友とし過ぎた日々。人と情景が明滅する酔夢行文学第四集。

二〇〇〇円

酒中記

三輪正道

ブンガクが好き、酒が好き。文章をアテ（肴）に燗酒を楽しむ。中野重治家の蚕豆、吉原幸子の平手打ち、桑原武夫との意外な縁…。

二〇〇〇円

酔夢行

三輪正道

酒を友とし文学に親しむ。含羞であり無頼ともなる日々を、歩行の文体で綴る。／十年後二十年後の再読に耐え得る好著と坪内祐三氏。

一九〇〇円

泰山木の花

三輪正道

中野重治邸の泰山木の花。各駅停車ほろ酔いの旅情。もだもだの心の揺れ、神戸震災の地の揺れ…各駅停車の精神の文学（解説・川崎彰彦）。

一八二五円

外出

定道明

遠い女。友のこと。娘の場合。山茱萸の話。狐登場。養父と小雀の死。母の葬儀。外出の時間。妻との旅。記憶と意味の身辺。内そとの声。9篇。

二〇〇〇円

金子みすゞへの旅　島田　陽子

「大漁」の詩に激しく心をゆさぶられた私は、みすゞの詩の世界にのめり込む。清々しい光芒を放ち26歳で逝った薄幸の詩人の心への旅。　一七四八円

大阪ことば　あそびうた　島田　陽子

大阪弁の面白さが見なおされている。ユーモアにあふれ、生活感のある大阪弁で書かれたことばあそびうた。著者は万博の歌の作者。　一三〇〇円

うたと遊べば　島田　陽子

ことば遊びうた、童謡、詩の実作者が、うたと時代、うたの心を伝えるエッセイ集。『大阪ことばあそびうた』の誕生と『金子みすゞへの旅』。　一八〇〇円

また散りゆく　伊勢田史郎

岩本栄之助と中央公会堂　公共のために尽くしたい熱誠で私財百万円寄贈した北浜の風雲児のピストル自殺にいたる生涯と著者遺稿エッセイ。　二〇〇〇円

日本人の原郷・熊野を歩く　伊勢田史郎

第33回井植文化賞受賞　この街道の、この山河の何と魅力的であったことか。熊野詣九十九王子、熊野古道の伝承、歴史、自然と夢を旅する。　一九〇〇円

神戸の詩人たち　伊勢田史郎

神の戸口のことばの使徒。詩人の街神戸のわが詩人たち。詩は生命そのものである、と証言した、先達、仲間たちの詩と精神の水脈。　二〇〇〇円

火用心　杉本秀太郎
〔ノア叢書15〕近くは佐藤春夫の『退屈読本』遠くは兼好法師の『徒然草』、ここに夜まわり『火用心』、文芸と日常の情理を尽くす随筆集。　二〇〇〇円

駝鳥の卵　杉本秀太郎
ことばの上　ことばの下　ことばのなかを　吹きとおる風。東西の古典や近代文学の暗号、繊細な美意識で織り上げた言葉の芸術。初の詩集。二〇〇〇円

沙漠の椅子　大野　新
一個の迷宮である詩人の内奥に分け入り、その生的痙攣と高揚を鋭くとらえる、天野忠、石原吉郎、黒田喜夫、粕谷栄市、清水昶論他。　二〇〇〇円

消えゆく幻燈　竹中　郁
〔ノア叢書6〕堀辰雄、稲垣足穂、三好達治、丸山薫、井上靖、小磯良平、鍋井克之、古家新、熊谷守一他の詩人画家との出会いを描く。（品切）　二八〇〇円

巴里のてがみ　竹中　郁
一九二八（昭3）年から二年間、小磯良平と共にパリ留学した著者の、パリの日々、出会い。よき時代と詩人の感性。ジャン・コクトオ論収載。　一六四八円

日は過ぎ去らず　小野十三郎
半ば忘れていた文章の中にも、今日の状況の中でこそ私が云いたいことや、再確認しておかなければならないことがたくさんある（あとがき）。　一八〇〇円

天野忠さんの歩み　河野仁昭

天野忠の出発と『リアル』、圭文社とリアル書店、コルボウ詩話会、地下茎の花、晩年、あの書斎に。身近な著者が託された資料でたどる。　二〇〇〇円

戦後京都の詩人たち　河野仁昭

『コルボオ詩話会』『骨』『RAVINE』『ノッポとチビ』へ重なり受けつがれた詩流。京都の詩誌、詩と詩人を精緻に書き留める定本。　二〇〇〇円

リプラールの春　玉置保巳

夫婦でドイツ留学した語学教師のドイツ・ヨーロッパ紀行と、京都の丘の上の家で犬のロクをまじえた静かな夫婦の物語。抑制された抒情。　二二六六円

ゲーテの頭　玉置保巳

ゲーテの頭とは天野忠。稀有な詩人の晩年をつぶさに見つめる。丸山薫、板倉鞆音、黒部節子、杉山平一、以倉紘平、心の詩人たち。（品切）　二〇〇〇円

物言わざれば　桑島玄二

〔ノア業書4〕一貫して戦争と詩を追跡。記録する著者が、詩人は戦時下をどう生き書いたか。無名戦士の死と詩、戦争と子どもの詩ほか。　一九〇〇円

愛に――7つの物語　今江祥智

愛をテーマにした著者自選短篇集。七つの物語に七人の絵を配す愛蔵版。装幀・宇野亜喜良、絵・長新太、杉浦範茂、田島征彦、桃井かおり他。　一三〇〇円

北條秀司詩情の達人　田辺明雄

〔大阪文学叢書3〕「王将」「佃の渡し」「建礼門院」等、多数の名作によって現代演劇の最高峰に輝く北條秀司の人と作品の全貌を活写。　二二〇〇円

織田作之助　雨　螢　金木犀　中石孝

〔大阪文学叢書4〕放浪無頼の作家・作之助は雨、螢、金木犀に象徴されるむしろ抒情詩人であった。「哀傷と孤独の文学」を跡づける。　二〇〇〇円

大阪笑話史　秋田実

〈ノアコレクション・2〉戦争の深まる中で、笑いの花は咲いた。漫才の誕生から黄金時代を、世相と共に描く、漫才の父の大阪漫才昭和史。　一八〇〇円

北大阪線　枡谷優

いたく感動しました。戦前昭和十年代の戦争に入る大阪の「いわゆる庶民」生活が、こんなにピッタリ描かれた小説はありません（杉浦明平氏）。二〇〇〇円

オタマの沼　天野政治

勤め人生活を営々と歩いた男たちの現実と彷徨の軌跡。「柱時計」は、ある老人の虚無的肖像を彫りあげ、切れ味するどい（北川荘平氏評）。　一八二五円

夏がおわって　九野民也

南河内の豊かな自然のふところ、山歩き、渓流釣り、野菜づくりを楽しむ。家族をめぐる時の移ろい。いまここにあるという日常の光。　二〇〇〇円

竹林童子 失せにけり 島 京子

竹林童子とは、富士正晴。身近な女性作家が、昭和二十五年の出会いから晩年まで、富士の存在と文学、魅力を捉える。 一八二五円

書いたものは残る 島 京子

忘れ得ぬ人々 富士正晴、島尾敏雄、高橋和巳、山田稔、VIKINGの仲間達。随筆教室の英ちゃん。忘れ得ぬ日々を書き残す精神の形見。 二〇〇〇円

桜は今年も咲いた 駒井 妙子

早くに母を亡くした孫娘を育てる祖母の心境。震災後、今年も咲いた四つ辻の桜と、遠い日の心の底に沈み込んだ記憶。短篇8篇収録。 二〇〇〇円

風の如き人への手紙 和田 英子

詩人富田砕花宛書簡ノート—純粋真正の詩人ゆえの多彩で尊い交友。石川啄木、百田宗治、白鳥正吾、金子光晴、日夏耿之介、長谷川如是閑他。 四〇〇〇円

無方 津田 清子

第34回蛇笏賞受賞 アフリカ南西部・ナミブ砂漠への旅。有季を超えて、砂漠の無季無方、とらわれなき無限定の世界に踏み出す。函装。 二五〇〇円

桃谷容子全詩集

享年54歳。関西の薔薇と呼ばれた華やかさとは対照に、孤独、信仰、愛憎、苛酷な運命を生きた魂の詩の根源。既刊3詩集、小説、エッセイ他。 七〇〇〇円